FOLIO JUNIOR
théâtre

CW01426491

Le médecin malgré lui

Comédie

Molière

Petit carnet
de mise en scène
de Christian Gonon,
pensionnaire de la
Comédie-Française

Gallimard Jeunesse

Sommaire

Le médecin
malgré lui

Personnages)

SGANARELLE, *mari de Martine.*
MARTINE, *femme de Sganarelle.*
M. ROBERT, *voisin de Sganarelle.*
VALÈRE, *domestique de Géronte.*
LUCAS, *mari de Jacqueline.*
GÉRONTE, *père de Lucinde.*
JACQUELINE, *nourrice chez Géronte, et femme de Lucas.*
LUCINDE, *fille de Géronte.*
LÉANDRE, *amant de Lucinde.*
THIBAUT, *père de Perrin.*
PERRIN, *fils de Thibaut, paysan.*

Représentée pour la première fois à Paris, sur le Théâtre du Palais-Royal, le vendredi 6, du mois d'août 1666 par la Troupe du Roi.

ACTE PREMIER

SCÈNE PREMIÈRE

Sganarelle, Martine, paraissant sur le théâtre en se querellant.

SGANARELLE

Non, je te dis que je n'en veux rien faire, et que c'est à moi de parler et d'être le maître.

MARTINE

Et je te dis, moi, que je veux que tu vives à ma fantaisie, et que je ne me suis point mariée avec toi pour souffrir tes fredaines[1].

SGANARELLE

Ô la grande fatigue que d'avoir une femme ! et

---

1. Écarts de conduite.

qu'Aristote a bien raison, quand il dit qu'une femme est pire qu'un démon!

MARTINE

Voyez un peu l'habile homme, avec son benêt d'Aristote!

SGANARELLE

Oui, habile homme : trouve-moi un faiseur de fagots qui sache, comme moi, raisonner des choses, qui ait servi six ans un fameux médecin, et qui ait su, dans son jeune âge, son rudiment[1] par cœur.

MARTINE

Peste du fou fieffé!

SGANARELLE

Peste de la carogne[2]!

MARTINE

Que maudit soit l'heure et le jour où je m'avisai d'aller dire oui!

---

1. Premier livre que l'on donnait aux enfants pour apprendre les rudiments de la langue latine.
2. Femme débauchée.

SGANARELLE

Que maudit soit le bec cornu de notaire qui me fit signer ma ruine !

MARTINE

C'est bien à toi, vraiment, à te plaindre de cette affaire. Devrais-tu être un seul moment sans rendre grâce au Ciel de m'avoir pour ta femme ? et méritais-tu d'épouser une personne comme moi ?

SGANARELLE

Il est vrai que tu me fis trop d'honneur, et que j'eus lieu de me louer la première nuit de nos noces ! Hé ! morbleu ! ne me fais point parler là-dessus : je dirais de certaines choses…

MARTINE

Quoi ? que dirais-tu ?

SGANARELLE

Baste[1], laissons là ce chapitre. Il suffit que nous savons ce que nous savons, et que tu fus bien heureuse de me trouver.

MARTINE

Qu'appelles-tu bien heureuse de te trouver ? Un

_____
1. Assez, cela suffit.

homme qui me réduit à l'hôpital, un débauché, un traître, qui me mange tout ce que j'ai ?

SGANARELLE
Tu as menti : j'en bois une partie.

MARTINE
Qui me vend, pièce à pièce, tout ce qui est dans le logis.

SGANARELLE
C'est vivre de ménage[1].

MARTINE
Qui m'a ôté jusqu'au lit que j'avais.

SGANARELLE
Tu t'en lèveras plus matin.

MARTINE
Enfin qui ne laisse aucun meuble dans toute la maison.

SGANARELLE
On en déménage plus aisément.

---

1. Vivre avec économie. Veut dire aussi : vivre en vendant objets et ustensiles du ménage.

MARTINE

Et qui, du matin jusqu'au soir, ne fait que jouer et que boire.

SGANARELLE

C'est pour ne me point ennuyer.

MARTINE

Et que veux-tu, pendant ce temps, que je fasse avec ma famille ?

SGANARELLE

Tout ce qu'il te plaira.

MARTINE

J'ai quatre pauvres petits enfants sur les bras.

SGANARELLE

Mets-les à terre.

MARTINE

Qui me demandent à toute heure du pain.

SGANARELLE

Donne-leur le fouet : quand j'ai bien bu et bien mangé, je veux que tout le monde soit saoul dans ma maison.

MARTINE

Et tu prétends, ivrogne, que les choses aillent toujours de même?

SGANARELLE

Ma femme, allons tout doucement, s'il vous plaît.

MARTINE

Que j'endure éternellement tes insolences et tes
débauches?

SGANARELLE

Ne nous emportons point, ma femme.

MARTINE

Et que je ne sache pas trouver le moyen de te ran-
ger à ton devoir?

SGANARELLE

Ma femme, vous savez que je n'ai pas l'âme endu-
rante, et que j'ai le bras assez bon.

MARTINE

Je me moque de tes menaces.

SGANARELLE

Ma petite femme, ma mie, votre peau vous
démange, à votre ordinaire.

MARTINE

Je te montrerai bien que je ne te crains nullement.

SGANARELLE

Ma chère moitié, vous avez envie de me dérober quelque chose.

MARTINE

Crois-tu que je m'épouvante de tes paroles?

SGANARELLE

Doux objet de mes vœux, je vous frotterai les oreilles.

MARTINE

Ivrogne que tu es!

SGANARELLE

Je vous battrai.

MARTINE

Sac à vin!

SGANARELLE

Je vous rosserai.

MARTINE

Infâme!

SGANARELLE

Je vous étrillerai.

MARTINE

Traître, insolent, trompeur, lâche, coquin, pendard, gueux, belître[1], fripon, maraud, voleur…!

SGANARELLE. *Il prend un bâton et lui en donne.*

Ah! vous en voulez donc?

MARTINE

Ah, ah, ah, ah!

SGANARELLE

Voilà le vrai moyen de vous apaiser.

SCÈNE II
M. Robert, Sganarelle, Martine

M. ROBERT

Holà, holà, holà! Fi! Qu'est-ce ci? Quelle infamie! Peste soit le coquin, de battre ainsi sa femme!

MARTINE, *les mains sur les côtés, lui parle en le faisant reculer, et à la fin lui donne un soufflet.*

Et je veux qu'il me batte, moi.

---

1 Fainéant.

M. ROBERT

Ah! j'y consens de tout mon cœur.

MARTINE

De quoi vous mêlez-vous?

M. ROBERT

J'ai tort.

MARTINE

Est-ce là votre affaire?

M. ROBERT

Vous avez raison.

MARTINE

Voyez un peu cet impertinent, qui veut empêcher les maris de battre leurs femmes.

M. ROBERT

Je me rétracte.

MARTINE

Qu'avez-vous à voir là-dessus?

M. ROBERT

Rien.

MARTINE
Est-ce à vous d'y mettre le nez?

M. ROBERT
Non.

MARTINE
Mêlez-vous de vos affaires.

M. ROBERT
Je ne dis plus mot.

MARTINE
Il me plaît d'être battue.

M. ROBERT
D'accord.

MARTINE
Ce n'est pas à vos dépens.

M. ROBERT
Il est vrai.

MARTINE
Et vous êtes un sot de venir vous fourrer où vous n'avez que faire.

M. Robert. *Il passe ensuite vers le mari, qui pareillement lui parle toujours en le faisant reculer, le frappe avec le même bâton et le met en fuite ; il dit à la fin*

Compère, je vous demande pardon de tout mon cœur. Faites, rossez, battez, comme il faut, votre femme ; je vous aiderai, si vous le voulez.

SGANARELLE

Il ne me plaît pas, moi.

M. Robert

Ah ! c'est une autre chose.

SGANARELLE

Je la veux battre, si je le veux ; et ne la veux pas battre, si je ne le veux pas.

M. Robert

Fort bien.

SGANARELLE

C'est ma femme, et non pas la vôtre.

M. Robert

Sans doute.

SGANARELLE

Vous n'avez rien à me commander.

M. ROBERT

D'accord.

SGANARELLE

Je n'ai que faire de votre aide.

M. ROBERT

Très volontiers.

SGANARELLE

Et vous êtes un impertinent, de vous ingérer[1] des affaires d'autrui. Apprenez que Cicéron dit qu'entre l'arbre et le doigt il ne faut point mettre l'écorce. *(Ensuite il revient vers sa femme, et lui dit, en lui pressant la main :)* Ô çà, faisons la paix nous deux. Touche là.

MARTINE

Oui! après m'avoir ainsi battue!

SGANARELLE

Cela n'est rien, touche.

MARTINE

Je ne veux pas.

SGANARELLE

Eh!

---

1. Se mêler de.

MARTINE
Non.

SGANARELLE
Ma petite femme !

MARTINE
Point.

SGANARELLE
Allons, te dis-je.

MARTINE
Je n'en ferai rien.

SGANARELLE
Viens, viens, viens.

MARTINE
Non : je veux être en colère.

SGANARELLE
Fi ! c'est une bagatelle. Allons, allons.

MARTINE
Laisse-moi là.

SGANARELLE

Touche, te dis-je.

MARTINE

Tu m'as trop maltraitée.

SGANARELLE

Eh bien va, je te demande pardon : mets là ta main.

MARTINE

Je te pardonne *(elle dit le reste bas)* ; mais tu le payeras.

SGANARELLE

Tu es une folle de prendre garde à cela : ce sont petites choses qui sont de temps en temps nécessaires dans l'amitié ; et cinq ou six coups de bâton, entre gens qui s'aiment, ne font que ragaillardir l'affection. Va, je m'en vais au bois, et je te promets aujourd'hui plus d'un cent de fagots.

SCÈNE III

MARTINE, *seule.*

Va, quelque mine que je fasse, je n'oublie pas mon ressentiment ; et je brûle en moi-même de trouver les moyens de te punir des coups que tu me donnes. Je sais bien qu'une femme a toujours dans les mains de quoi se venger d'un mari ; mais c'est une punition trop délicate pour mon pendard : je veux une vengeance qui se fasse un peu mieux sentir ; et ce n'est pas contentement pour l'injure que j'ai reçue.

SCÈNE IV

Valère, Lucas, Martine

LUCAS

Parguenne ! j'avons pris là tous deux une guèble[1] de commission ; et je ne sais pas, moi, ce que je pensons attraper.

VALÈRE

Que veux-tu, mon pauvre nourricier[2] ? il faut bien obéir à notre maître ; et puis nous avons intérêt, l'un et l'autre, à la santé de sa fille, notre maîtresse ; et sans doute son mariage, différé par sa maladie, nous vaudrait quelque récompense. Horace, qui est libéral, a bonne part aux prétentions qu'on peut avoir sur sa personne ; et quoiqu'elle ait fait voir de l'amitié pour un certain Léandre, tu sais bien que son

---

1. Déformation de diable.
2. Il est le mari de Jacqueline qui est nourrice chez Géronte.

père n'a jamais voulu consentir à le recevoir pour
son gendre.

MARTINE, *rêvant à part elle*
Ne puis-je point trouver quelque invention pour
me venger?

LUCAS
Mais quelle fantaisie s'est-il boutée là dans la tête,
puisque les médecins y avont tous pardu leur latin?

VALÈRE
On trouve quelquefois, à force de chercher, ce
qu'on ne trouve pas d'abord[1]; et souvent, en de
simples lieux...

MARTINE
Oui, il faut que je m'en venge à quelque prix que
ce soit : ces coups de bâton me reviennent au cœur,
je ne les saurais digérer, et... *(Elle dit tout ceci en rêvant,
de sorte que, ne prenant pas garde à ces deux hommes, elle les
heurte en se retournant, et leur dit :)* Ah! Messieurs, je
vous demande pardon; je ne vous voyais pas, et
cherchais dans ma tête quelque chose qui m'em-
barrasse.

_____

1. Dès l'abord.

VALÈRE

Chacun a ses soins[1] dans le monde, et nous cherchons aussi ce que nous voudrions bien trouver.

MARTINE

Serait-ce quelque chose où je vous puisse aider?

VALÈRE

Cela se pourrait faire; et nous tâchons de rencontrer quelque habile homme, quelque médecin particulier, qui pût donner quelque soulagement à la fille de notre maître, attaquée d'une maladie qui lui a ôté tout d'un coup l'usage de la langue. Plusieurs médecins ont déjà épuisé toute leur science après elle : mais on trouve parfois des gens avec des secrets admirables, de certains remèdes particuliers, qui font le plus souvent ce que les autres n'ont su faire, et c'est là ce que nous cherchons.

MARTINE. *Elle dit ces premières lignes bas.*

Ah! que le Ciel m'inspire une admirable invention pour me venger de mon pendard! *(Haut.)* Vous ne pouviez jamais vous mieux adresser pour rencontrer ce que vous cherchez; et nous avons ici un homme, le plus merveilleux homme du monde, pour les maladies désespérées.

---

1. Soucis.

VALÈRE

Et de grâce, où pouvons-nous le rencontrer ?

MARTINE

Vous le trouverez maintenant vers ce petit lieu que voilà, qui s'amuse à couper du bois.

LUCAS

Un médecin qui coupe du bois !

VALÈRE

Qui s'amuse à cueillir des simples[1], voulez vous dire ?

MARTINE

Non : c'est un homme extraordinaire qui se plaît à cela, fantasque, bizarre, quinteux, et que vous ne prendriez jamais pour ce qu'il est. Il va vêtu d'une façon extravagante, affecte quelquefois de paraître ignorant, tient sa science renfermée, et ne fuit rien tant tous les jours que d'exercer les merveilleux talents qu'il a eus du Ciel pour la médecine.

---

1. Plantes médicinales.

VALÈRE

C'est une chose admirable, que tous les grands
hommes ont toujours du caprice, quelque petit
grain de folie mêlé à leur science.

MARTINE

La folie de celui-ci est plus grande qu'on ne peut
croire, car elle va parfois jusqu'à vouloir être battu
pour demeurer d'accord de sa capacité[1] ; et je vous
donne avis que vous n'en viendrez point à bout,
qu'il n'avouera jamais qu'il est médecin, s'il se le
met en fantaisie, que vous ne preniez chacun un
bâton, et ne le réduisiez, à force de coups, à vous
confesser à la fin ce qu'il vous cachera d'abord.
C'est ainsi que nous en usons quand nous avons
besoin de lui.

VALÈRE

Voilà une étrange folie !

MARTINE

Il est vrai ; mais, après cela, vous verrez qu'il fait des
merveilles.

VALÈRE

Comment s'appelle-t-il ?

---

1. Pour être sûr de sa compétence en médecine.

MARTINE

Il s'appelle Sganarelle ; mais il est aisé à connaître :
c'est un homme qui a une large barbe noire[1], et qui
porte une fraise, avec un habit jaune et vert.

LUCAS

Un habit jaune et vert ! C'est donc le médecin des
paroquets ?

VALÈRE

Mais est-il bien vrai qu'il soit si habile que vous le
dites ?

MARTINE

Comment ? C'est un homme qui fait des miracles.
Il y a six mois qu'une femme fut abandonnée de
tous les autres médecins : on la tenait morte il y
avait déjà six heures, et l'on se disposait à l'ensevelir, lorsqu'on y fit venir de force l'homme dont
nous parlons. Il lui mit, l'ayant vue, une petite
goutte de je ne sais quoi dans la bouche, et, dans le
même instant, elle se leva de son lit et se mit aussitôt à se promener dans sa chambre, comme si de
rien n'eût été.

---

1. Au XVIIᵉ siècle, le mot barbe désigne aussi la moustache.

Lucas
Ah!

Valère
Il fallait que ce fût quelque goutte d'or potable[1].

Martine
Cela pourrait bien être. Il n'y a pas trois semaines encore qu'un jeune enfant de douze ans tomba du haut du clocher en bas, et se brisa, sur le pavé, la tête, les bras et les jambes. On n'y eut pas plus tôt amené notre homme, qu'il le frotta par tout le corps d'un certain onguent qu'il sait faire; et l'enfant aussitôt se leva sur ses pieds, et courut jouer à la fossette[2].

Lucas
Il faut que cet homme-là ait la médecine universelle.

Martine
Qui en doute?

Lucas
Testigué! velà justement l'homme qu'il nous faut. Allons vite le charcher.

---

1. Remède souverain à base d'or.
2. Jeu de billes qu'on lance dans une «fossette», un petit trou.

VALÈRE

Nous vous remercions du plaisir que vous nous faites.

MARTINE

Mais souvenez-vous bien au moins de l'avertissement que je vous ai donné.

LUCAS

Eh, morguenne ! laissez-nous faire : s'il ne tient qu'à battre, la vache est à nous.

VALÈRE

Nous sommes bien heureux d'avoir fait cette rencontre ; et j'en conçois, pour moi, la meilleure espérance du monde.

SCÈNE V

Sganarelle, Valère, Lucas

SGANARELLE *entre sur le théâtre en chantant et tenant une bouteille.*

La, la, la.

VALÈRE

J'entends quelqu'un qui chante, et qui coupe du bois.

SGANARELLE

La, la, la… Ma foi, c'est assez travaillé pour un coup. Prenons un peu d'haleine. *(Il boit, et dit après avoir bu :)* Voilà du bois qui est salé comme tous les diables.

> *Qu'ils sont doux,*
> *Bouteille jolie,*
> *Qu'ils sont doux*
> *Vos petits glouglous :*
> *Mais mon sort ferait bien des jaloux,*
> *Si vous étiez toujours remplie.*
> *Ah ! bouteille, ma mie,*
> *Pourquoi vous vuidez-vous*[1]*?*

Allons, morbleu ! il ne faut point engendrer de mélancolie.

VALÈRE

Le voilà lui-même.

LUCAS

Je pense que vous dites vrai, et que j'avons bouté le nez dessus.

VALÈRE

Voyons de près.

---

1. L'air en a été composé sans doute par Lully.

SGANARELLE, *les apercevant, les regarde, en se tournant vers l'un et puis vers l'autre, et, abaissant la voix, dit :*

Ah! ma petite friponne! que je t'aime, mon petit bouchon!

… Mon sort… ferait… bien des… jaloux, Si…

Que diable! à qui en veulent ces gens-là?

VALÈRE

C'est lui assurément.

LUCAS

Le velà tout craché comme on nous l'a défiguré[1].

SGANARELLE, *à part. Ici il pose sa bouteille à terre, et Valère se baissant pour le saluer, comme il croit que c'est à dessein de la prendre, il la met de l'autre côté; ensuite de quoi, Lucas faisant la même chose, il la reprend et la tient contre son estomac, avec divers gestes qui font un grand jeu de théâtre.*

Ils consultent en me regardant. Quel dessein auraient-ils?

VALÈRE

Monsieur, n'est-ce pas vous qui vous appelez Sganarelle?

SGANARELLE

Eh quoi?

----

1. Contraction de figurer et dépeindre.

VALÈRE

Je vous demande si ce n'est pas vous qui se nomme Sganarelle.

SGANARELLE, *se tournant vers Valère, puis vers Lucas*

Oui et non, selon ce que vous lui voulez.

VALÈRE

Nous ne voulons que lui faire toutes les civilités que nous pourrons.

SGANARELLE

En ce cas, c'est moi qui se nomme Sganarelle.

VALÈRE

Monsieur, nous sommes ravis de vous voir. On nous a adressés à vous pour ce que nous cherchons ; et nous venons implorer votre aide, dont nous avons besoin.

SGANARELLE

Si c'est quelque chose, Messieurs, qui dépende de mon petit négoce, je suis tout prêt à vous rendre service.

VALÈRE

Monsieur, c'est trop de grâce que vous nous faites.

Mais, Monsieur, couvrez-vous, s'il vous plaît; le soleil pourrait vous incommoder.

LUCAS
Monsieu, boutez dessus[1].

SGANARELLE, BAS
Voici des gens bien pleins de cérémonie.

VALÈRE
Monsieur, il ne faut pas trouver étrange que nous venions à vous : les habiles gens sont toujours recherchés, et nous sommes instruits de votre capacité.

SGANARELLE
Il est vrai, Messieurs, que je suis le premier homme du monde pour faire des fagots.

VALÈRE
Ah! Monsieur…

SGANARELLE
Je n'y épargne aucune chose, et les fais d'une façon qu'il n'y a rien à dire.

---

1. Couvrez-vous, mettez votre chapeau.

VALÈRE

Monsieur, ce n'est pas cela dont il est question.

SGANARELLE

Mais aussi je les vends cent dix sols le cent.

VALÈRE

Ne parlons point de cela, s'il vous plaît.

SGANARELLE

Je vous promets que je ne saurais les donner à
moins.

VALÈRE

Monsieur, nous savons les choses.

SGANARELLE

Si vous savez les choses, vous savez que je les vends
cela.

VALÈRE

Monsieur, c'est se moquer que…

SGANARELLE

Je ne me moque point, je n'en puis rien rabattre.

VALÈRE

Parlons d'autre façon, de grâce.

SGANARELLE

Vous en pourrez trouver autre part à moins : il y a
fagots et fagots ; mais pour ceux que je fais…

VALÈRE

Eh ! Monsieur, laissons là ce discours.

SGANARELLE

Je vous jure que vous ne les auriez pas, s'il s'en fallait un double[1].

VALÈRE

Eh fi !

SGANARELLE

Non, en conscience, vous en payerez cela. Je vous
parle sincèrement, et ne suis pas homme à surfaire.

VALÈRE

Faut-il, Monsieur, qu'une personne comme vous
s'amuse à ces grossières feintes ? s'abaisse à parler
de la sorte ? qu'un homme si savant, un fameux
médecin, comme vous êtes, veuille se déguiser aux
yeux du monde, et tenir enterrés les beaux talents
qu'il a ?

---

1. Petite pièce de monnaie de cuivre.

SGANARELLE, *à part*

Il est fou.

VALÈRE

De grâce, Monsieur, ne dissimulez point avec nous.

SGANARELLE

Comment ?

LUCAS

Tout ce tripotage ne sart de rian ; je savons çen que je savons.

SGANARELLE

Quoi donc ? que me voulez-vous dire ? Pour qui me prenez-vous ?

VALÈRE

Pour ce que vous êtes, pour un grand médecin.

SGANARELLE

Médecin vous-même : je ne le suis point, et ne l'ai jamais été.

VALÈRE, *bas*

Voilà sa folie qui le tient. *(Haut.)* Monsieur, ne veuillez point nier les choses davantage ; et n'en

venons point, s'il vous plaît, à de fâcheuses extré-
mités.

SGANARELLE

À quoi donc?

VALÈRE

À de certaines choses dont nous serions marris.

SGANARELLE

Parbleu! venez-en à tout ce qu'il vous plaira : je ne
suis point médecin, et ne sais ce que vous me voulez dire.

VALÈRE, *bas*

Je vois bien qu'il faut se servir du remède. *(Haut.)*
Monsieur, encore un coup, je vous prie d'avouer ce
que vous êtes.

LUCAS

Et testigué! ne lantiponez[1] point davantage, et
confessez à la franquette que v'êtes médecin.

SGANARELLE

J'enrage.

_____

1. Faites les choses franchement. Décidez-vous!

VALÈRE

À quoi bon nier ce qu'on sait?

LUCAS

Pourquoi toutes ces fraimes-là[1] À quoi est-ce que ça vous sart?

SGANARELLE

Messieurs, en un mot autant qu'en deux mille, je vous dis que je ne suis point médecin.

VALÈRE

Vous n'êtes point médecin?

SGANARELLE

Non.

LUCAS

V' n'êtes pas médecin?

SGANARELLE

Non, vous dis-je.

VALÈRE

Puisque vous le voulez, il faut s'y résoudre.
Ils prennent un bâton et le frappent.

---

1. Frimes, manières.

SGANARELLE

Ah! ah! ah! Messieurs, je suis tout ce qu'il vous plaira.

VALÈRE

Pourquoi, Monsieur, nous obligez-vous à cette violence?

LUCAS

À quoi bon nous bailler[1] la peine de vous battre?

VALÈRE

Je vous assure que j'en ai tous les regrets du monde.

LUCAS

Par ma figué! j'en sis fâché, franchement.

SGANARELLE

Que diable est-ce ci, Messieurs? De grâce, est-ce pour rire, ou si tous deux vous extravaguez, de vouloir que je sois médecin?

VALÈRE

Quoi? vous ne vous rendez pas encore, et vous défendez d'être médecin?

---

1. Donner.

SGANARELLE

Diable emporte si je le suis!

LUCAS

Il n'est pas vrai qu'ous sayez médecin?

SGANARELLE

Non, la peste m'étouffe! *(Là ils recommencent de le battre.)* Ah! Ah! Eh bien, Messieurs, oui, puisque vous le voulez, je suis médecin, je suis médecin; apothicaire[1] encore, si vous le trouvez bon. J'aime mieux consentir à tout que de me faire assommer.

VALÈRE

Ah! voilà qui va bien, Monsieur : je suis ravi de vous voir raisonnable.

LUCAS

Vous me boutez la joie au cœur, quand je vous vois parler comme ça.

VALÈRE

Je vous demande pardon de toute mon âme.

---

1. Pharmacien.

LUCAS

Je vous demandons excuse de la libarté que j'avons prise.

SGANARELLE, *à part*

Ouais! serait-ce bien moi qui me tromperais, et serais-je devenu médecin sans m'en être aperçu?

VALÈRE

Monsieur, vous ne vous repentirez pas de nous montrer ce que vous êtes; et vous verrez assurément que vous en serez satisfait.

SGANARELLE

Mais, Messieurs, dites-moi, ne vous trompez-vous point vous-mêmes? Est-il bien assuré que je sois médecin?

LUCAS

Oui, par ma figué!

SGANARELLE

Tout de bon?

VALÈRE

Sans doute.

SGANARELLE

Diable emporte si je le savais!

VALÈRE

Comment? vous êtes le plus habile médecin du monde.

SGANARELLE

Ah! ah!

LUCAS

Un médecin qui a guari ne sais combien de maladies.

SGANARELLE

Tudieu!

VALÈRE

Une femme était tenue pour morte il y avait six heures; elle était prête à ensevelir, lorsque, avec une goutte de quelque chose, vous la fîtes revenir et marcher d'abord par la chambre!

SGANARELLE

Peste!

LUCAS

Un petit enfant de douze ans se laissit choir du haut

d'un clocher, de quoi il eut la tête, les jambes et les bras cassés; et vous, avec je ne sais quel onguent, vous fîtes qu'aussitôt il se relevit sur ses pieds, et s'en fut jouer à la fossette.

SGANARELLE

Diantre!

VALÈRE

Enfin, Monsieur, vous aurez contentement avec nous; et vous gagnerez ce que vous voudrez, en vous laissant conduire où nous prétendons vous mener.

SGANARELLE

Je gagnerai ce que je voudrai?

VALÈRE

Oui.

SGANARELLE

Ah! je suis médecin, sans contredit: je l'avais oublié: mais je m'en ressouviens. De quoi est-il question? Où faut-il se transporter?

VALÈRE

Nous vous conduirons. Il est question d'aller voir une fille qui a perdu la parole.

SGANARELLE

Ma foi! je ne l'ai pas trouvée.

VALÈRE

Il aime à rire. Allons, Monsieur.

SGANARELLE

Sans une robe de médecin?

VALÈRE

Nous en prendrons une.

SGANARELLE, *présentant sa bouteille à Valère*

Tenez cela, vous : voilà où je mets mes juleps[1]. *(Puis se tournant vers Lucas en crachant.)* Vous, marchez là-dessus, par ordonnance du médecin.

LUCAS

Palsanguenne! velà un médecin qui me plaît : je pense qu'il réussira, car il est bouffon.

---

1. Sirops médicamenteux.

ACTE II

VALÈRE

Oui, Monsieur, je crois que vous serez satisfait; et nous vous avons amené le plus grand médecin du monde.

LUCAS

Oh! morguenne! il faut tirer l'échelle après ceti-là, et tous les autres ne sont pas daignes de li déchausser ses souillez.

VALÈRE

C'est un homme qui a fait des cures merveilleuses.

LUCAS

Qui a guari des gens qui êtiant morts.

VALÈRE

Il est un peu capricieux, comme je vous ai dit ; et parfois il a des moments où son esprit s'échappe et ne paraît pas ce qu'il est.

LUCAS

Oui, il aime à bouffonner ; et l'an dirait parfois, ne v's en déplaise, qu'il a quelque petit coup de hache à la tête.

VALÈRE

Mais, dans le fond, il est toute science, et bien souvent il dit des choses tout à fait relevées.

LUCAS

Quand il s'y boute, il parle tout fin drait comme s'il lisait dans un livre.

VALÈRE

Sa réputation s'est déjà répandue ici, et tout le monde vient à lui.

GÉRONTE

Je meurs d'envie de le voir ; faites-le-moi vite venir.

VALÈRE

Je le vais querir.

JACQUELINE

Par ma fi! Monsieur, ceti-ci fera justement ce qu'ant fait les autres. Je pense que ce sera queussi queumi[1] ; et la meilleure médeçaine que l'an pourrait bailler à votre fille, ce serait, selon moi, un biau et bon mari, pour qui elle eût de l'amiquié.

GÉRONTE

Ouais ! Nourrice, ma mie, vous vous mêlez de bien des choses.

LUCAS

Taisez-vous, notre ménagère Jacquelaine ce n'est pas à vous à bouter là votre nez.

JACQUELINE

Je vous dis et vous douze[2] que tous ces médecins n'y feront rian que de l'iau claire ; que votre fille a besoin d'autre chose que de ribarbe et de sené, et qu'un mari est une emplâtre qui guarit tous les maux des filles.

GÉRONTE

Est-elle en état maintenant qu'on s'en voulût charger, avec l'infirmité qu'elle a ? Et lorsque j'ai été

---

1. Du pareil au même.
2. Jeux de mots sur «dis» (dix) et douze.

dans le dessein de la marier, ne s'est-elle pas opposée à mes volontés ?

JACQUELINE

Je le crois bian : vous li vouilliez bailler cun homme qu'alle n'aime point. Que ne preniais-vous ce Monsieur Liandre, qui li touchait au cœur ? Alle aurait été fort obéissante ; et je m'en vas gager qu'il la prendrait, li, comme alle est, si vous la li vouillais donner.

GÉRONTE

Ce Léandre n'est pas ce qu'il lui faut : il n'a pas du bien comme l'autre.

JACQUELINE

Il a un oncle qui est si riche, dont il est hériquié.

GÉRONTE

Tous ces biens à venir me semblent autant de chansons. Il n'est rien tel que ce qu'on tient ; et l'on court grand risque de s'abuser, lorsque l'on compte sur le bien qu'un autre vous garde. La mort n'a pas toujours les oreilles ouvertes aux vœux et aux prières de Messieurs les héritiers ; et l'on a le temps d'avoir les dents longues, lorsqu'on attend, pour vivre, le trépas de quelqu'un.

JACQUELINE

Enfin j'ai toujours oui dire qu'en mariage, comme ailleurs, contentement passe richesse. Les bères et les mères ant cette maudite couteume de demander toujours : «Qu'a-t-il?» et : «Qu'a-t-elle?» et le compère Biarre a marié sa fille Simonette au gros Thomas pour un quarquié de vaigne qu'il avait davantage que le jeune Robin, où elle avait bouté son amiquié; et velà que la pauvre créiature en est devenue jaune comme un coing, et n'a point profité tout depuis ce temps-là. C'est un bel exemple pour vous, Monsieur. On n'a que son plaisir en ce monde; et j'aimerais mieux bailler à ma fille un bon mari qui li fût agriable, que toutes les rentes de la Biauce.

GÉRONTE

Peste! Madame la Nourrice, comme vous dégoisez! Taisez-vous, je vous prie : vous prenez trop de soin, et vous échauffez votre lait.

LUCAS. *En disant ceci, il frappe sur la poitrine à Géronte.*

Morgué! tais-toi, t'es cune impartinante. Monsieur n'a que faire de tes discours, et il sait ce qu'il a à faire. Mêle-toi de donner à teter à ton enfant, sans tant faire la raisonneuse. Monsieur est le père de sa fille, et il est bon et sage pour voir ce qu'il li faut.

GÉRONTE

Tout doux! oh! tout doux!

LUCAS

Monsieur, je veux un peu la mortifier, et li apprendre le respect qu'alle vous doit.

GÉRONTE

Oui ; mais ces gestes ne sont pas nécessaires.

SCÈNE II

Valère, Sganarelle, Géronte, Lucas, Jacqueline

VALÈRE

Monsieur, préparez-vous. Voici notre médecin qui entre.

GÉRONTE

Monsieur, je suis ravi de vous voir chez moi, et nous avons grand besoin de vous.

SGANARELLE, *en robe de médecin, avec un chapeau des plus pointus*

Hippocrate[1] dit… que nous nous couvrions tous deux.

_____

1. Célèbre médecin grec (IVᵉ s. av. J.-C.)

GÉRONTE

Hippocrate dit cela?

SGANARELLE

Oui.

GÉRONTE

Dans quel chapitre, s'il vous plaît?

SGANARELLE

Dans son chapitre des chapeaux.

GÉRONTE

Puisque Hippocrate le dit, il le faut faire.

SGANARELLE

Monsieur le Médecin, ayant appris les merveilleuses choses...

GÉRONTE

À qui parlez-vous, de grâce?

SGANARELLE

À vous.

GÉRONTE

Je ne suis pas médecin.

SGANARELLE

Vous n'êtes pas médecin ?

GÉRONTE

Non, vraiment.

SGANARELLE. *Il prend ici un bâton, et le bat comme on l'a battu.*

Tout de bon ?

GÉRONTE

Tout de bon. Ah ! ah ! ah !

SGANARELLE

Vous êtes médecin maintenant je n'ai jamais eu d'autres licences[1].

GÉRONTE

Quel diable d'homme m'avez-vous là amené ?

VALÈRE

Je vous ai bien dit que c'était un médecin goguenard.

GÉRONTE

Oui ; mais je l'envoirais promener avec ses goguenarderies.

---

1. La licence donnait le droit de pratiquer la médecine.

LUCAS

Ne prenez pas garde à ça, Monsieur : ce n'est que pour rire.

GÉRONTE

Cette raillerie ne me plaît pas.

SGANARELLE

Monsieur, je vous demande pardon de la liberté que j'ai prise.

GÉRONTE

Monsieur, je suis votre serviteur.

SGANARELLE

Je suis fâché…

GÉRONTE

Cela n'est rien.

SGANARELLE

Des coups de bâton…

GÉRONTE

Il n'y a pas de mal.

SGANARELLE

Que j'ai eu l'honneur de vous donner.

GÉRONTE

Ne parlons plus de cela. Monsieur, j'ai une fille qui est tombée dans une étrange maladie.

SGANARELLE

Je suis ravi, Monsieur, que votre fille ait besoin de moi ; et je souhaiterais de tout mon cœur que vous en eussiez besoin aussi, vous et toute votre famille, pour vous témoigner l'envie que j'ai de vous servir.

GÉRONTE

Je vous suis obligé de ces sentiments.

SGANARELLE

Je vous assure que c'est du meilleur de mon âme que je vous parle.

GÉRONTE

C'est trop d'honneur que vous me faites.

SGANARELLE

Comment s'appelle votre fille ?

GÉRONTE

Lucinde.

SGANARELLE

Lucinde! Ah! beau nom à médicamenter!
Lucinde!

GÉRONTE

Je m'en vais voir un peu ce qu'elle fait.

SGANARELLE

Qui est cette grande femme-là?

GÉRONTE

C'est la nourrice d'un petit enfant que j'ai.

SGANARELLE

Peste! le joli meuble que voilà! Ah! Nourrice,
charmante Nourrice, ma médecine est la très
humble esclave de votre nourricerie, et je voudrais
bien être le petit poupon fortuné qui tetât le lait *(il
lui porte la main sur le sein)* de vos bonnes grâces. Tous
mes remèdes, toute ma science, toute ma capacité
est à votre service, et...

LUCAS

Avec votre parmission, Monsieur le Médecin, lais-
sez là ma femme, je vous prie.

SGANARELLE

Quoi? est-elle votre femme?

LUCAS

Oui.

SGANARELLE. *Il fait semblant d'embrasser Lucas, et se tournant du côté de la Nourrice, il l'embrasse.*

Ah! vraiment, je ne savais pas cela, et je m'en réjouis pour l'amour de l'un et de l'autre.

LUCAS, *en le tirant*

Tout doucement, s'il vous plaît.

SGANARELLE

Je vous assure que je suis ravi que vous soyez unis ensemble. Je la félicite d'avoir un mari comme vous *(il fait encore semblant d'embrasser Lucas, et, passant dessous ses bras, se jette au col de sa femme)*; et je vous félicite, vous, d'avoir une femme si belle, si sage, et si bien faite comme elle est.

LUCAS, *en le tirant encore*

Eh! testigué! point tant de compliment, je vous supplie.

SGANARELLE

Ne voulez-vous pas que je me réjouisse avec vous d'un si bel assemblage?

LUCAS

Avec moi, tant qu'il vous plaira ; mais avec ma femme, trêve de sarimonie.

SGANARELLE

Je prends part également au bonheur de tous deux ; *(il continue le même jeu)* et si je vous embrasse pour vous en témoigner ma joie, je l'embrasse de même pour lui en témoigner aussi.

LUCAS, *en le tirant derechef*

Ah ! vartigué, Monsieur le Médecin, que de lanti-ponages.

SCÈNE III
Sganarelle, Géronte, Lucas, Jacqueline

GÉRONTE

Monsieur, voici tout à l'heure[1] ma fille qu'on va vous amener.

SGANARELLE

Je l'attends, Monsieur, avec toute la médecine.

---

1. À l'instant.

GÉRONTE

Où est-elle ?

SGANARELLE, *se touchant le front*

Là-dedans.

GÉRONTE

Fort bien.

SGANARELLE, *en voulant toucher les tétons de la Nourrice*

Mais comme je m'intéresse à toute votre famille, il
faut que j'essaye un peu le lait de votre nourrice, et
que je visite son sein.

LUCAS, *le tirant, en lui faisant faire la pirouette*

Nanin, nanin ; je n'avons que faire de ça.

SGANARELLE

C'est l'office du médecin de voir les tétons des
nourrices.

LUCAS

Il gnia office qui quienne, je sis votte sarviteur.

SGANARELLE

As-tu bien la hardiesse de t'opposer au médecin ?
Hors de là !

Lucas
Je me moque de ça.

Sganarelle, *en le regardant de travers*
Je te donnerai la fièvre.

Jacqueline, *prenant Lucas par le bras et lui faisant aussi faire la pirouette*
Ôte-toi de là aussi ; est-ce que je ne sis pas assez grande pour me défendre moi-même, s'il me fait quelque chose qui ne soit pas à faire ?

Lucas
Je ne veux pas qu'il te tâte, moi.

Sganarelle
Fi, le vilain, qui est jaloux de sa femme !

Géronte
Voici ma fille.

SCÈNE IV
Lucinde, Valère, Géronte, Sganarelle, Jacqueline

Sganarelle
Est-ce là la malade ?

GÉRONTE

Oui, je n'ai qu'elle de fille; et j'aurais tous les regrets du monde si elle venait à mourir.

SGANARELLE

Qu'elle s'en garde bien! il ne faut pas qu'elle meure sans l'ordonnance du médecin.

GÉRONTE

Allons, un siège.

SGANARELLE

Voilà une malade qui n'est pas tant dégoûtante, et je tiens qu'un homme bien sain s'en accommoderait assez.

GÉRONTE

Vous l'avez fait rire, Monsieur.

SGANARELLE

Tant mieux : lorsque le médecin fait rire le malade, c'est le meilleur signe du monde. Eh bien! de quoi est-il question? qu'avez-vous? quel est le mal que vous sentez?

LUCINDE *répond par signes, en portant sa main à sa bouche, à sa tête et sous son menton.*

Han, hi, hom, han.

SGANARELLE

Eh! que dites-vous?

LUCINDE *continue les mêmes gestes.*

Han, hi, hom, han, han, hi, hom.

SGANARELLE

Quoi?

LUCINDE

Han, hi, hom.

SGANARELLE, *la contrefaisant*

Han, hi, hom, han, ha : je ne vous entends point. Quel diable de langage est-ce là?

GÉRONTE

Monsieur, c'est là sa maladie. Elle est devenue muette, sans que jusques ici on en ait pu savoir la cause; et c'est un accident qui a fait reculer son mariage.

SGANARELLE

Et pourquoi?

GÉRONTE

Celui qu'elle doit épouser veut attendre sa guérison pour conclure les choses.

SGANARELLE

Et qui est ce sot-là qui ne veut pas que sa femme
soit muette? Plût à Dieu que la mienne eût cette
maladie! je me garderais bien de la vouloir guérir.

GÉRONTE

Enfin, Monsieur, nous vous prions d'employer tous
vos soins pour la soulager de son mal.

SGANARELLE

Ah! ne vous mettez pas en peine. Dites-moi un
peu, ce mal l'oppresse-t-il beaucoup?

GÉRONTE

Oui, Monsieur.

SGANARELLE

Tant mieux. Sent-elle de grandes douleurs?

GÉRONTE

Fort grandes.

SGANARELLE

C'est fort bien fait. Va-t-elle où vous savez?

GÉRONTE

Oui.

SGANARELLE
Copieusement

GÉRONTE
Je n'entends rien à cela.

SGANARELLE
La matière est-elle louable[1]?

GÉRONTE
Je ne me connais pas à ces choses.

SGANARELLE, *se tournant vers la malade*
Donnez-moi votre bras. Voilà un pouls qui marque que votre fille est muette.

GÉRONTE
Eh oui, Monsieur, c'est là son mal; vous l'avez trouvé tout du premier coup.

SGANARELLE
Ah, ah!

JACQUELINE
Voyez comme il a deviné sa maladie!

---

1. Signe de bonne santé.

SGANARELLE

Nous autres grands médecins, nous connaissons d'abord les choses. Un ignorant aurait été embarrassé, et vous eût été dire : « C'est ceci, c'est cela » ; mais moi, je touche au but du premier coup, et je vous apprends que votre fille est muette.

GÉRONTE

Oui ; mais je voudrais bien que vous me puissiez dire d'où cela vient.

SGANARELLE

Il n'est rien plus aisé : cela vient de ce qu'elle a perdu la parole.

GÉRONTE

Fort bien ; mais la cause, s'il vous plaît, qui fait qu'elle a perdu la parole ?

SGANARELLE

Tous nos meilleurs auteurs vous diront que c'est l'empêchement de l'action de sa langue.

GÉRONTE

Mais encore, vos sentiments sur cet empêchement de l'action de sa langue ?

SGANARELLE

Aristote, là-dessus, dit… de fort belles choses.

GÉRONTE

Je le crois.

SGANARELLE

Ah! c'était un grand homme!

GÉRONTE

Sans doute.

SGANARELLE, *levant son bras depuis le coude*

Grand homme tout à fait : un homme qui était plus grand que moi de tout cela. Pour revenir donc à notre raisonnement, je tiens que cet empêchement de l'action de sa langue est causé par de certaines humeurs, qu'entre nous autres savants nous appelons humeurs peccantes[1]; peccantes, c'est-à-dire… humeurs peccantes; d'autant que les vapeurs formées par les exhalaisons des influences qui s'élèvent dans la région des maladies, venant… pour ainsi dire… à… Entendez-vous le latin?

GÉRONTE

En aucune façon.

---

1. Mauvaises.

SGANARELLE, *se levant avec étonnement*
Vous n'entendez point le latin !

GÉRONTE
Non.

SGANARELLE, *en faisant diverses plaisantes postures*
Cabricias arci thuram, catalamus, singulariter, nominativo haec Musa, « la Muse », bonus, bona, bonum, Deus sanctus, estne oratio latinas ? Etiam, « oui ». Quare, « pourquoi » ? Quia substantivo et adjectivum concordat in generi, numerum, et casus [1].

GÉRONTE
Ah ! que n'ai-je étudié !

JACQUELINE
L'habile homme que velà !

LUCAS
Oui, ça est si biau, que je n'y entends goutte.

SGANARELLE
Or ces vapeurs dont je vous parle venant à passer, du côté gauche, où est le foie, au côté droit, où est le cœur, il se trouve que le poumon, que nous

---

1. Charabia donnant l'illusion qu'il parle latin.

appelons en latin *armyan*, ayant communication avec le cerveau, que nous nommons en grec *nasmus*, par le moyen de la veine cave, que nous appelons en hébreu *cubile*[1], rencontre en son chemin lesdites vapeurs, qui remplissent les ventricules de l'omoplate ; et parce que lesdites vapeurs... comprenez bien ce raisonnement, je vous prie ; et parce que lesdites vapeurs ont une certaine malignité... Écoutez bien ceci, je vous conjure.

GÉRONTE
Oui.

SGANARELLE
Ont une certaine malignité, qui est causée... Soyez attentif, s'il vous plaît.

GÉRONTE
Je le suis.

SGANARELLE
Qui est causée par l'âcreté des humeurs engendrées dans la concavité du diaphragme, il arrive que ces vapeurs... *Ossabandus, nequeys, nequer, potarinum, quipsa milus*. Voilà justement ce qui fait que votre fille est muette.

---

1. Définitions purement fantaisistes.

JACQUELINE

Ah! que ça est bian dit, notte homme!

LUCAS

Que n'ai-je la langue aussi bian pendue?

GÉRONTE

On ne peut pas mieux raisonner, sans doute. Il n'y a qu'une seule chose qui m'a choqué : c'est l'endroit du foie et du cœur. Il me semble que vous les placez autrement qu'ils ne sont; que le cœur est du côté gauche, et le foie du côté droit.

SGANARELLE

Oui, cela était autrefois ainsi; mais nous avons changé tout cela, et nous faisons maintenant la médecine d'une méthode toute nouvelle.

GÉRONTE

C'est ce que je ne savais pas, et je vous demande pardon de mon ignorance.

SGANARELLE

Il n'y a point de mal, et vous n'êtes pas obligé d'être aussi habile que nous.

GÉRONTE

Assurément. Mais, Monsieur, que croyez-vous qu'il faille faire à cette maladie?

SGANARELLE

Ce que je crois qu'il faille faire?

GÉRONTE

Oui.

SGANARELLE

Mon avis est qu'on la remette sur son lit et qu'on lui fasse prendre pour remède quantité de pain trempé dans du vin.

GÉRONTE

Pourquoi cela, Monsieur?

SGANARELLE

Parce qu'il y a dans le vin et le pain, mêlés ensemble, une vertu sympathique[1] qui fait parler. Ne voyez-vous pas bien qu'on ne donne autre chose aux perroquets, et qu'ils apprennent à parler en mangeant de cela?

_____

1. Qui peut guérir.

GÉRONTE

Cela est vrai. Ah! le grand homme! Vite, quantité de pain et de vin!

SGANARELLE

Je reviendrai voir, sur le soir, en quel état elle sera. *(À la Nourrice.)* Doucement vous. Monsieur, voilà une nourrice à laquelle il faut que je fasse quelques petits remèdes.

JACQUELINE

Qui? moi? Je me porte le mieux du monde.

SGANARELLE

Tant pis, Nourrice, tant pis. Cette grande santé est à craindre, et il ne sera mauvais de vous faire quelque petite saignée amiable, de vous donner quelque petit clystère dulcifiant[1].

GÉRONTE

Mais, Monsieur, voilà une mode que je ne comprends point. Pourquoi s'aller faire saigner quand on n'a point de maladie?

SGANARELLE

Il n'importe, la mode en est salutaire ; et comme on

---

1. Lavement adoucisssant.

boit pour la soif à venir, il faut se faire aussi saigner pour la maladie à venir.

JACQUELINE, *en se retirant*

Ma fi! je me moque de ça, et je ne veux point faire de mon corps une boutique d'apothicaire.

SGANARELLE

Vous êtes rétive aux remèdes; mais nous saurons vous soumettre à la raison. *(Parlant à Géronte.)* Je vous donne le bonjour.

GÉRONTE

Attendez un peu, s'il vous plaît.

SGANARELLE

Que voulez-vous faire?

GÉRONTE

Vous donner de l'argent, Monsieur.

SGANARELLE, *tendant sa main derrière, par-dessous sa robe, tandis que Géronte ouvre sa bourse*

Je n'en prendrai pas, Monsieur.

GÉRONTE

Monsieur...

SGANARELLE
  Point du tout.

GÉRONTE
  Un petit moment.

SGANARELLE
  En aucune façon.

GÉRONTE
  De grâce !

SGANARELLE
  Vous vous moquez.

GÉRONTE
  Voilà qui est fait.

SGANARELLE
  Je n'en ferai rien.

GÉRONTE
  Eh !

SGANARELLE
  Ce n'est pas l'argent qui me fait agir.

Géronte
  Je le crois.

Sganarelle, *après avoir pris l'argent*
  Cela est-il de poids?

Géronte
  Oui, Monsieur.

Sganarelle
  Je ne suis pas un médecin mercenaire.

Géronte
  Je le sais bien.

Sganarelle
  L'intérêt ne me gouverne point.

Géronte
  Je n'ai pas cette pensée.

SCÈNE V

Sganarelle, Léandre

Sganarelle, *regardant son argent*
  Ma foi! cela ne va pas mal : et pourvu que...

LÉANDRE

Monsieur, il y a longtemps que je vous attends, et je viens implorer votre assistance.

SGANARELLE, *lui prenant le poignet*

Voilà un pouls qui est fort mauvais.

LÉANDRE

Je ne suis point malade, Monsieur, et ce n'est pas pour cela que je viens à vous.

SGANARELLE

Si vous n'êtes pas malade, que diable ne le dites-vous donc?

LÉANDRE

Non : pour vous dire la chose en deux mots, je m'appelle Léandre, qui suis amoureux de Lucinde, que vous venez de visiter; et comme, par la mauvaise humeur de son père, toute sorte d'accès m'est fermé auprès d'elle, je me hasarde à vous prier de vouloir servir mon amour, et de me donner lieu d'exécuter un stratagème que j'ai trouvé, pour lui pouvoir dire deux mots, d'où dépendent absolument mon bonheur et ma vie.

SGANARELLE, *paraissant en colère*

Pour qui me prenez-vous? Comment oser vous

adresser à moi pour vous servir dans votre amour, et vouloir ravaler la dignité de médecin à des emplois de cette nature?

LÉANDRE

Monsieur, ne faites point de bruit.

SGANARELLE, *en le faisant reculer*

J'en veux faire, moi. Vous êtes un impertinent.

LÉANDRE

Eh! Monsieur, doucement.

SGANARELLE

Un malavisé.

LÉANDRE

De grâce!

SGANARELLE

Je vous apprendrai que je ne suis point homme à cela, et que c'est une insolence extrême...

LÉANDRE, *tirant une bourse qu'il lui donne*

Monsieur...

SGANARELLE, *tenant la bourse*

De vouloir m'employer... Je ne parle pas pour
vous, car vous êtes honnête homme, et je serais ravi
de vous rendre service ; mais il y a de certains
impertinents au monde qui viennent prendre les
gens pour ce qu'ils ne sont pas ; et je vous avoue
que cela me met en colère.

LÉANDRE

Je vous demande pardon, Monsieur, de la liberté
que...

SGANARELLE

Vous vous moquez. De quoi est-il question ?

LÉANDRE

Vous saurez donc, Monsieur, que cette maladie que
vous voulez guérir est une feinte maladie. Les
médecins ont raisonné là-dessus comme il faut ; et
ils n'ont pas manqué de dire que cela procédait, qui
du cerveau, qui des entrailles, qui de la rate, qui du
foie ; mais il est certain que l'amour en est la véri-
table cause, et que Lucinde n'a trouvé cette maladie que pour se délivrer d'un mariage dont elle
était importunée. Mais, de crainte qu'on ne nous
voie ensemble, retirons-nous d'ici, et je vous dirai
en marchant ce que je souhaite de vous.

SGANARELLE

Allons, Monsieur : vous m'avez donné pour votre
amour une tendresse qui n'est pas concevable ; et
j'y perdrai toute ma médecine, ou la malade crè-
vera, ou bien elle sera à vous.

ACTE III

SCÈNE PREMIÈRE
Sganarelle, Léandre

LÉANDRE

Il me semble que je ne suis pas mal ainsi pour un apothicaire ; et comme le père ne m'a guère vu, ce changement d'habit et de perruque est assez capable, je crois, de me déguiser à ses yeux.

SGANARELLE

Sans doute.

LÉANDRE

Tout ce que je souhaiterais serait de savoir cinq ou six grands mots de médecine, pour parer mon discours et me donner l'air d'habile homme.

SGANARELLE

Allez, allez, tout cela n'est pas nécessaire : il suffit de l'habit, et je n'en sais pas plus que vous.

LÉANDRE

Comment?

SGANARELLE

Diable emporte si j'entends rien en médecine! Vous êtes honnête homme, et je veux bien me confier à vous, comme vous vous confiez à moi.

LÉANDRE

Quoi? vous n'êtes pas effectivement…

SGANARELLE

Non, vous dis-je : ils m'ont fait médecin malgré mes dents[1]. Je ne m'étais jamais mêlé d'être si savant que cela; et toutes mes études n'ont été que jusqu'en sixième. Je ne sais point sur quoi cette imagination leur est venue; mais quand j'ai vu qu'à toute force ils voulaient que je fusse médecin, je me suis résolu de l'être, aux dépens de qui il appartiendra. Cependant vous ne sauriez croire comment l'erreur s'est répandue, et de quelle façon chacun est endiablé à me croire habile homme. On me

---

1. Malgré moi.

vient chercher de tous les côtés; et si les choses vont toujours de même, je suis d'avis de m'en tenir, toute ma vie, à la médecine. Je trouve que c'est le métier le meilleur de tous; car, soit qu'on fasse bien ou soit qu'on fasse mal, on est toujours payé de même sorte: la méchante besogne ne retombe jamais sur notre dos; et nous taillons, comme il nous plaît, sur l'étoffe où nous travaillons. Un cordonnier, en faisant des souliers, ne saurait gâter un morceau de cuir qu'il n'en paye les pots cassés; mais ici l'on peut gâter un homme sans qu'il en coûte rien. Les bévues ne sont point pour nous; et c'est toujours la faute de celui qui meurt. Enfin le bon de cette profession est qu'il y a parmi les morts une honnêteté, une discrétion la plus grande du monde; et jamais on n'en voit se plaindre du médecin qui l'a tué.

LÉANDRE

Il est vrai que les morts sont fort honnêtes gens sur cette matière.

SGANARELLE, *voyant des hommes qui viennent vers lui*

Voilà des gens qui ont la mine de me venir consulter. Allez toujours m'attendre auprès du logis de votre maîtresse.

SCÈNE II
Thibaut, Perrin, Sganarelle

THIBAUT

Monsieur, je venons vous charcher, mon fils Perrin
et moi.

SGANARELLE

Qu'y a-t-il?

THIBAUT

Sa pauvre mère, qui a nom Parette, est dans un lit,
malade, il y a six mois.

SGANARELLE, *tendant la main, comme pour recevoir de l'argent*

Que voulez-vous que j'y fasse?

THIBAUT

Je voudrions, Monsieur, que vous nous baillissiez
quelque petite drôlerie pour la guarir.

SGANARELLE

Il faut voir de quoi est-ce qu'elle est malade.

THIBAUT

Alle est malade d'hypocrisie[1], Monsieur.

––––––––––

1. Confusion de mots. Il s'agit de l'hydropisie : accumulation
de lymphe dans les tissus du corps humain.

Sganarelle

D'hypocrisie?

Thibaut

Oui, c'est-à-dire qu'alle est enflée par tout; et l'an dit
que c'est quantité de sériosités qu'alle a dans le
corps, et que son foie, son ventre, ou sa rate, comme
vous voudrais l'appeler, au glieu de faire du sang, ne
fait plus que de l'iau. Alle a, de deux jours l'un, la
fièvre quotiguenne, avec des lassitules et des douleurs
dans les mufles des jambes. On entend dans sa gorge
des fleumes qui sont tout prêts à l'étouffer; et par fois
il lui prend des syncoles et des conversions, que je
crayons qu'alle est passée. J'avons dans notre village
un apothicaire, révérence parler, qui li a donné je ne
sais combien d'histoires; et il m'en coûte plus d'eune
douzaine de bons écus en lavements, ne v's en
déplaise, en apostumes qu'on li a fait prendre, en
infections de jacinthe, et en portions cordales. Mais
tout ça, comme dit l'autre, n'a été que de l'onguent
miton mitaine. Il velait li bailler d'eune certaine
drogue que l'on appelle du vin amétile[1]; mais j'ai-s-
eu peur, franchement, que ça l'envoyît à patres[2]; et
l'an dit que ces gros médecins tuont je ne sais combien de monde avec cette invention-là.

---

1. Vin émétique, qui fait vomir.
2. Dans l'au-delà.

SGANARELLE, *tendant toujours la main et la branlant, comme pour signe qu'il demande de l'argent*

Venons au fait, mon ami, venons au fait.

THIBAUT

Le fait est, Monsieur, que je venons vous prier de nous dire ce qu'il faut que je fassions.

SGANARELLE

Je ne vous entends point du tout.

PERRIN

Monsieur, ma mère est malade ; et velà deux écus que je vous apportons pour nous bailler queuque remède.

SGANARELLE

Ah ! je vous entends, vous. Voilà un garçon qui parle clairement, qui s'explique comme il faut. Vous dites que votre mère est malade d'hydropisie, qu'elle est enflée par tout le corps, qu'elle a la fièvre, avec des douleurs dans les jambes, et qu'il lui prend parfois des syncopes et des convulsions, c'est-à-dire des évanouissements ?

PERRIN

Eh ! oui, Monsieur, c'est justement ça.

SGANARELLE

J'ai compris d'abord vos paroles. Vous avez un père qui ne sait ce qu'il dit. Maintenant vous me demandez un remède ?

PERRIN

Oui, Monsieur.

SGANARELLE

Un remède pour la guérir ?

PERRIN

C'est comme je l'entendons.

SGANARELLE

Tenez, voilà un morceau de formage[1] qu'il faut que vous lui fassiez prendre.

PERRIN

Du fromage, Monsieur ?

SGANARELLE

Oui, c'est un formage préparé, où il entre de l'or, du corail, et des perles, et quantité d'autres choses précieuses.

---

1. Forme ancienne du mot fromage.

PERRIN

Monsieur, je vous sommes bien obligés ; et j'allons li faire prendre ça tout à l'heure.

SGANARELLE

Allez. Si elle meurt, ne manquez pas de la faire enterrer du mieux que vous pourrez.

SCÈNE III
Jacqueline, Sganarelle, Lucas

SGANARELLE

Voici la belle Nourrice. Ah ! Nourrice de mon cœur, je suis ravi de cette rencontre, et votre vue est la rhubarbe, la casse et le séné qui purgent toute la mélancolie de mon âme.

JACQUELINE

Par ma figué ! Monsieur le Médecin, ça est trop bian dit pour moi, et je n'entends rien à tout votte latin.

SGANARELLE

Devenez malade, Nourrice, je vous prie ; devenez malade, pour l'amour de moi : j'aurais toutes les joies du monde de vous guérir.

JACQUELINE

Je sis votte sarvante : j'aime bian mieux qu'an ne me guérisse pas.

SGANARELLE

Que je vous plains, belle Nourrice, d'avoir un mari jaloux et fâcheux comme celui que vous avez !

JACQUELINE

Que velez-vous, Monsieur ? c'est pour la pénitence de mes fautes ; et là où la chèvre est liée, il faut bian qu'alle y broute.

SGANARELLE

Comment ? un rustre comme cela ! un homme qui vous observe toujours, et ne veut pas que personne vous parle !

JACQUELINE

Hélas ! vous n'avez rien vu encore, et ce n'est qu'un petit échantillon de sa mauvaise humeur.

SGANARELLE

Est-il possible ? et qu'un homme ait l'âme assez basse pour maltraiter une personne comme vous ? Ah ! que j'en sais, belle Nourrice, et qui ne sont pas loin d'ici, qui se tiendraient heureux de baiser seulement les petits bouts de vos petons ! Pourquoi faut-il qu'une personne si bien faite soit tombée en de telles mains, et qu'un franc animal, un brutal, un stupide, un sot...? Pardonnez-moi, Nourrice, si je parle ainsi de votre mari.

JACQUELINE

Eh! Monsieur, je sais bien qu'il mérite tous ces noms-là.

SGANARELLE

Oui, sans doute, Nourrice, il les mérite ; et il mériterait encore que vous lui missiez quelque chose sur la tête, pour le punir des soupçons qu'il a.

JACQUELINE

Il est bien vrai que si je n'avais devant les yeux que son intérêt, il pourrait m'obliger à queuque étrange chose.

SGANARELLE

Ma foi ! vous ne feriez pas mal de vous venger de lui avec quelqu'un. C'est un homme, je vous le dis, qui mérite bien cela ; et si j'étais assez heureux, belle Nourrice, pour être choisi pour...

En cet endroit, tous deux apercevant Lucas qui était derrière eux et entendait leur dialogue, chacun se retire de son côté, mais le Médecin d'une manière fort plaisante.

SCÈNE IV

Géronte, Lucas

GÉRONTE

Holà! Lucas, n'as-tu point vu ici notre médecin?

LUCAS

Et oui, de par tous les diantres, je l'ai vu, et ma femme aussi.

GÉRONTE

Où est-ce donc qu'il peut être?

LUCAS

Je ne sais; mais je voudrais qu'il fût à tous les guèbles.

GÉRONTE

Va-t'en voir un peu ce que fait ma fille.

SCÈNE V

Sganarelle, Léandre, Géronte

GÉRONTE

Ah! Monsieur, je demandais où vous étiez.

SGANARELLE

Je m'étais amusé dans votre cour à expulser le super-
flu de la boisson. Comment se porte la malade?

GÉRONTE

Un peu plus mal depuis votre remède.

SGANARELLE

Tant mieux : c'est signe qu'il opère.

GÉRONTE

Oui ; mais, en opérant, je crains qu'il ne l'étouffe.

SGANARELLE

Ne vous mettez pas en peine ; j'ai des remèdes qui
se moquent de tout, et je l'attends à l'agonie.

GÉRONTE

Qui est cet homme-là que vous amenez?

SGANARELLE, *faisant des signes avec la main que c'est un apothicaire*[1]

C'est...

---

1. L'apothicaire effectuait les lavements.

GÉRONTE
Quoi?

SGANARELLE
Celui…

GÉRONTE
Eh?

SGANARELLE
Qui…

GÉRONTE
Je vous entends.

SGANARELLE
Votre fille en aura besoin.

SCÈNE VI

Jacqueline, Lucinde, Géronte, Léandre, Sganarelle

JACQUELINE
Monsieur, velà votre fille qui veut un peu marcher.

SGANARELLE
Cela lui fera du bien. Allez-vous-en, Monsieur
l'Apothicaire, tâter un peu son pouls, afin que je
raisonne tantôt avec vous de sa maladie.

En cet endroit, il tire Géronte à un bout du théâtre, et, lui pas-
sant un bras sur les épaules, lui rabat la main sous le menton,
avec laquelle il le fait retourner vers lui, lorsqu'il veut regarder
ce que sa fille et l'apothicaire font ensemble, lui tenant cepen-
dant le discours suivant pour l'amuser :

Monsieur, c'est une grande et subtile question
entre les doctes, de savoir si les femmes sont plus
faciles à guérir que les hommes. Je vous prie
d'écouter ceci, s'il vous plaît. Les uns disent que
non, les autres disent que oui ; et moi je dis que oui
et non : d'autant que l'incongruité des humeurs
opaques qui se rencontrent au tempérament natu-
rel des femmes étant cause que la partie brutale
veut toujours prendre empire sur la sensitive, on
voit que l'inégalité de leurs opinions dépend du
mouvement oblique du cercle de la lune ; et
comme le soleil, qui darde ses rayons sur la concavité de la terre, trouve…

LUCINDE

Non, je ne suis point du tout capable de changer de
sentiments.

GÉRONTE

Voilà ma fille qui parle ! Ô grande vertu du
remède ! Ô admirable médecin ! Que je vous suis

obligé, Monsieur, de cette guérison merveilleuse !
et que puis-je faire pour vous après un tel service ?

SGANARELLE, *se promenant sur le théâtre, et s'essuyant le front*
Voilà une maladie qui m'a bien donné de la peine !

LUCINDE
Oui, mon père, j'ai recouvré la parole ; mais je l'ai
recouvrée pour vous dire que je n'aurai jamais
d'autre époux que Léandre, et que c'est inutilement
que vous voulez me donner Horace.

GÉRONTE
Mais...

LUCINDE
Rien n'est capable d'ébranler la résolution que j'ai
prise.

GÉRONTE
Quoi... ?

LUCINDE
Vous m'opposerez en vain de belles raisons.

GÉRONTE
Si...

LUCINDE

Tous vos discours ne serviront de rien.

GÉRONTE

Je...

LUCINDE

C'est une chose où je suis déterminée.

GÉRONTE

Mais...

LUCINDE

Il n'est puissance paternelle qui me puisse obliger à me marier malgré moi.

GÉRONTE

J'ai...

LUCINDE

Vous avez beau faire tous vos efforts.

GÉRONTE

Il...

LUCINDE

Mon cœur ne saurait se soumettre à cette tyrannie.

GÉRONTE

Là...

LUCINDE

Et je me jetterai plutôt dans un couvent que d'épouser un homme que je n'aime point.

GÉRONTE

Mais...

LUCINDE, *parlant d'un ton de voix à étourdir*

Non. En aucune façon. Point d'affaire. Vous perdez le temps. Je n'en ferai rien. Cela est résolu.

GÉRONTE

Ah! quelle impétuosité de paroles! Il n'y a pas moyen d'y résister. Monsieur, je vous prie de la faire redevenir muette.

SGANARELLE

C'est une chose qui m'est impossible. Tout ce que je puis faire pour votre service est de vous rendre sourd, si vous voulez.

GÉRONTE

Je vous remercie. Penses-tu donc...

LUCINDE

Non. Toutes vos raisons ne gagneront rien sur mon âme.

GÉRONTE

Tu épouseras Horace, dès ce soir.

LUCINDE

J'épouserai plutôt la mort.

SGANARELLE

Mon Dieu! arrêtez-vous, laissez-moi médicamenter cette affaire. C'est une maladie qui la tient, et je sais le remède qu'il faut apporter.

GÉRONTE

Serait-il possible, Monsieur, que vous pussiez aussi guérir cette maladie d'esprit?

SGANARELLE

Oui : laissez-moi faire, j'ai des remèdes pour tout, et notre Apothicaire nous servira pour cette cure. *(Il appelle l'Apothicaire et lui parle.)* Un mot. Vous voyez que l'ardeur qu'elle a pour ce Léandre est tout à fait contraire aux volontés du père, qu'il n'y a point de temps à perdre, que les humeurs sont fort aigries, et qu'il est nécessaire de trouver promptement un remède à ce mal, qui pourrait empirer par le retardement. Pour moi, je n'y en vois qu'un seul, qui est une prise de fuite purgative, que vous mêlerez comme il faut avec deux drachmes[1] de matrimonium en pilules. Peut-être fera-t-elle quelque difficulté à prendre ce remède ; mais, comme vous êtes habile homme dans votre métier, c'est à vous de l'y résoudre, et de lui faire avaler la chose du mieux que vous pourrez. Allez-vous-en lui faire faire un petit tour de jardin, afin de préparer les humeurs, tandis que j'entretiendrai ici son père ; mais surtout ne perdez point de temps : au remède vite, au remède spécifique !

SCÈNE VII

Géronte, Sganarelle

GÉRONTE

Quelles drogues, Monsieur, sont celles que vous venez de dire ? il me semble que je ne les ai jamais ouï nommer.

SGANARELLE

Ce sont drogues dont on se sert dans les nécessités urgentes.

----

1. Unité de mesure utilisée en pharmacie.

GÉRONTE

Avez-vous jamais vu une insolence pareille à la sienne?

SGANARELLE

Les filles sont quelquefois un peu têtues.

GÉRONTE

Vous ne sauriez croire comme elle est affolée de ce Léandre.

SGANARELLE

La chaleur du sang fait cela dans les jeunes esprits.

GÉRONTE

Pour moi, dès que j'ai découvert la violence de cet amour, j'ai su tenir toujours ma fille renfermée.

SGANARELLE

Vous avez fait sagement.

GÉRONTE

Et j'ai bien empêché qu'ils n'aient eu communication ensemble.

SGANARELLE

Fort bien.

GÉRONTE

Il serait arrivé quelque folie, si j'avais souffert qu'ils se fussent vus.

SGANARELLE

Sans doute

GÉRONTE

Et je crois qu'elle aurait été fille à s'en aller avec lui.

SGANARELLE

C'est prudemment raisonné.

GÉRONTE

On m'avertit qu'il fait tous ses efforts pour lui parler.

SGANARELLE

Quel drôle.

GÉRONTE

Mais il perdra son temps.

SGANARELLE

Ah! ah!

GÉRONTE

Et j'empêcherai bien qu'il ne la voie.

SGANARELLE

Il n'a pas affaire à un sot, et vous savez des rubriques[1] qu'il ne sait pas. Plus fin que vous n'est pas bête.

SCÈNE VIII
Lucas, Géronte, Sganarelle

LUCAS

Ah! palsanguenne, Monsieu, vaici bian du tintamarre : votre fille s'en est enfuie avec son Liandre. C'était lui qui était l'Apothicaire; et velà Monsieu le Médecin qui a fait cette belle opération-là.

GÉRONTE

Comment? m'assassiner de la façon. Allons, un commissaire! et qu'on empêche qu'il ne sorte. Ah, traître! je vous ferai punir par la justice.

LUCAS

Ah! par ma fi! Monsieu le Médecin, vous serez pendu : ne bougez de là seulement.

---

1. Finesses, ruses.

SCÈNE IX
Martine, Sganarelle, Lucas

MARTINE

Ah! mon Dieu! que j'ai eu de peine à trouver ce
logis! Dites-moi un peu des nouvelles du médecin
que je vous ai donné.

LUCAS

Le velà, qui va être pendu.

MARTINE

Quoi? mon mari pendu! Hélas! et qu'a-t-il fait
pour cela?

LUCAS

Il a fait enlever la fille de notre maître.

MARTINE

Hélas! mon cher mari, est-il bien vrai qu'on te va
pendre?

SGANARELLE

Tu vois. Ah!

MARTINE

Faut-il que tu te laisses mourir en présence de tant
de gens?

SGANARELLE

Que veux-tu que j'y fasse?

MARTINE

Encore si tu avais achevé de couper notre bois, je prendrais quelque consolation.

SGANARELLE

Retire-toi de là, tu me fends le cœur.

MARTINE

Non, je veux demeurer pour t'encourager à la mort, et je ne te quitterai point que je ne t'aie vu pendu.

SGANARELLE

Ah!

SCÈNE X

Géronte, Sganarelle, Martine, Lucas

GÉRONTE

Le Commissaire viendra bientôt, et l'on s'en va vous mettre en lieu où l'on me répondra de vous.

SGANARELLE, *le chapeau à la main*

Hélas! cela ne se peut-il point changer en quelques coups de bâton?

GÉRONTE

Non, non : la justice en ordonnera… Mais que
vois-je ?

SCÈNE XI *et dernière*

Léandre, Lucinde, Jacqueline, Lucas,
Géronte, Sganarelle, Martine

LÉANDRE

Monsieur, je viens faire paraître Léandre à vos yeux,
et remettre Lucinde en votre pouvoir. Nous avons
eu dessein de prendre la fuite nous deux, et de nous
aller marier ensemble ; mais cette entreprise a fait
place à un procédé plus honnête. Je ne prétends
point vous voler votre fille, et ce n'est que de votre
main que je veux la recevoir. Ce que je vous dirai,
Monsieur, c'est que je viens tout à l'heure de recevoir des lettres par où j'apprends que mon oncle est
mort, et que je suis héritier de tous ses biens.

GÉRONTE

Monsieur, votre vertu m'est tout à fait considérable,
et je vous donne ma fille avec la plus grande joie du
monde.

SGANARELLE

La médecine l'a échappé belle !

MARTINE

Puisque tu ne seras point pendu, rends-moi grâce
d'être médecin ; car c'est moi qui t'ai procuré cet
honneur.

SGANARELLE

Oui, c'est toi qui m'as procuré je ne sais combien
de coups de bâton.

LÉANDRE

L'effet en est trop beau pour en garder du ressentiment.

SGANARELLE

Soit : je te pardonne ces coups de bâton en faveur
de la dignité où tu m'as élevé ; mais prépare-toi
désormais à vivre dans un grand respect avec un
homme de ma conséquence, et songe que la colère
d'un médecin est plus à craindre qu'on ne peut
croire.

Petit carnet de mise en scène

Christian Gonon, pensionnaire de la Comédie-Française et metteur en scène

*Tout le monde peut faire du théâtre –
même les acteurs !
On peut faire du théâtre partout –
même dans les théâtres !*

Augusto Boal

Avant toute chose...

« *Écoute, mon ami.*

Il y a maintes raisons et nécessités pour que tu sois mon ami.

Je ne saurais écrire ces propos qu'à un ami.

Tu es mon ami, parce que tu vas faire du théâtre.

Il y a des propos qu'on ne peut tenir qu'en amitié. Il y a une disposition d'esprit et de cœur qu'on ne peut avoir qu'avec un ami.

Et si ce que j'écris ne devait être lu qu'une fois, par quelqu'un qui sentirait toute l'amitié que je mets à le faire, tout serait justifié.

(...) J'ai besoin d'amitié.

Tout le théâtre n'est qu'amitié. »

Ces quelques lignes sont de Louis Jouvet. Elles sont extraites de *Écoute, mon ami* (Flammarion, 1952, et Librairie Théâtrale, 1991) et je vous en conseille vivement la lecture.

Je ne saurais trouver mieux comme avant-propos à mon carnet de mise en scène.

Les pistes, les chemins que je vais défricher, j'ai besoin de le faire avec un ami; en établissant une confiance mutuelle, nous pourrons éclairer ensemble la pièce, *Le Médecin malgré lui*.

Disons que cet ami avec qui je vais dialoguer, m'interroger, quelquefois même me trouver en désaccord, est la personne qui veut monter cette pièce. Le metteur en scène, le maître d'œuvre du projet, celui qui en refermant sa brochure s'est écrié : «*Je dois faire entendre cette pièce !*»

Cela peut être aussi l'acteur ou l'actrice qui veut jouer Sganarelle ou Jacqueline. De toute façon...

C'est toi, lecteur, c'est vous.

Il convient tout d'abord de trouver un lieu où nous pourrons dialoguer. Tranquillement. Amicalement. Simplement. Ce lieu, à nous de l'imaginer... le théâtre commence aussi par là, l'imagination. Cette contrée fabuleuse et sans limite pour qui laisse ses rêves le conduire.

Alors... Une table de café ? À l'ombre d'un marronnier ? Ou devant un feu de cheminée ? Peu importe puisque nous l'avons choisi ensemble.

Nous commencerons par une question. Tout commence par des questions. Surtout au théâtre. Les questions posées seront les portes que vous ouvrirez pour découvrir l'horizon qui se cache derrière.

Quelquefois, vous trouverez la clef des réponses pour franchir le seuil; parfois, il vous faudra accepter le mystère du point d'interrogation.

Et ce mystère recèle aussi une très grande force...

La pièce, le texte, fondation de l'édifice

Pourquoi mettre en scène *Le Médecin malgré lui* ? La réponse à cette question déterminera la suite du travail. C'est en elle que l'on puisera la force de mener à bien le projet imaginé. On n'est pas obligé d'y répondre immédiatement et les raisons peuvent être multiples. Les réponses les plus profondes apparaissent souvent au fil des répétitions.

L'enthousiasme, le désir, l'amour d'un texte, la nécessité presque vitale de le jouer, de le faire entendre au public, peuvent être le point de départ d'une aventure théâtrale. Le reste n'est que travail… ou pour continuer à citer Jouvet : « *95 % de transpiration pour 5 % d'inspiration.* » Et avec cette pièce, il y a de quoi transpirer ! C'est de l'énergie concentrée ! Mais nous y reviendrons plus tard.

Fort de cet enthousiasme, engouffrons-nous dans ce territoire inconnu qu'est une pièce de théâtre. Ensemble.

Si la représentation est la construction achevée d'une lecture en trois dimensions, le point de départ sont ces feuilles noircies par un homme de théâtre né il y a presque quatre siècles, en 1622, le 15 janvier selon les historiens, et baptisé sous le nom de Jean-Baptiste Poquelin.

Nous reparlerons de lui plus tard sous son pseudonyme : Molière.

Cette pièce écrite il y a si longtemps, lue en ce XXIe siècle, vous émeut, vous fait rire, vous intéresse au point que vous voulez la mettre en scène ou la jouer… ou les deux. (Mais sachez qu'il est très difficile de jouer et de mettre en scène en même temps.)

Une pièce vieille de 338 ans peut-elle encore captiver un public ? Et peut-on encore la monter alors qu'elle a déjà été mise en scène tant de fois ?

N'oubliez pas que l'art théâtral est l'art de l'instant. Toute pièce jouée s'inscrit dans son époque. Ainsi que l'a écrit Molière : « *Les anciens sont les anciens et nous, nous sommes les gens de maintenant !* »

Il en est de même pour les mises en scène. Ce que vous allez entreprendre n'est pas la reconstitution historique d'un « classique », ou l'imitation d'une forme passée. Non. Ce projet va s'ancrer dans votre propre créativité, et dans l'instant présent de l'époque à laquelle vous vivez.

Interrogez-vous, aidé de votre « bande d'acteurs »,

essayez d'affirmer et d'affiner la réponse à ma question initiale : je décide de monter cette pièce parce que…?

Le texte n'est-il pas une princesse endormie à qui il faut rendre la vie… la voix ? *«L'encre… c'est comme de la nuit sur la page et c'est pourtant là-dedans qu'on voit clair»*, nous dit Christian Bobin.

Pour moi, faire du théâtre c'est se sentir vivant, et c'est aussi faire ressentir cela aux autres. J'aime particulièrement ces propos de Paul Valéry : *«Je nais à chaque instant pour chaque instant. VIVRE !…*

JE RESPIRE. N'est-ce pas tout ? JE RESPIRE… J'ouvre profondément chaque fois, toujours pour la première fois, ces ailes intérieures qui battent le temps vrai. JE SUIS, n'est-ce pas extraordinaire ? Se soutenir au-dessus de la mort comme une pierre se soutiendrait dans l'espace ? Cela est incroyable. »

Et le théâtre peut être aussi un supplément d'existence.

Lire et relire la pièce

Maintenant reprenez votre texte et munissez-vous d'un carnet qui deviendra la mémoire de vos cogitations ! Relisez la pièce plusieurs fois en notant tout ce qui vous passe par la tête, le lumineux et l'obscur, l'évident et le difficile. Au fil des scènes, notez les couleurs, les matières, les images, les sons, les odeurs (pourquoi pas… ?) que vous suggère le texte. Faites des croquis d'espaces possibles. Même si vous ne dessinez pas très bien. C'est sans importance. Rêvez sur des ébauches de costumes, des bouts de décors…

Mais surtout, lisez ce texte comme s'il avait été écrit la veille par un auteur inconnu. Essayez d'être vierge de tout a priori, de tout « savoir » préalable. Vous découvrirez ce texte comme un enfant découvre son train électrique le matin de Noël et ne s'attache qu'à la beauté de la locomotive, aux couleurs des wagons, mais ne s'intéresse pas encore au mode d'emploi pour construire le circuit.

Notez les répliques qui trouvent un écho particulier en vous. Elles vous font rire, vous ne les comprenez pas bien ou quand vous les lisez, vous vous apercevez avec étonnement qu'elles correspondent à un moment précis de votre vie. C'est aussi cela le théâtre : créer des passerelles entre le réel et l'imaginaire.

« *Chacun a ses soins dans le monde, et nous cherchons aussi ce que nous voudrions bien trouver* »… dit Valère Acte I, scène 4. Vous, en ce moment, vous cherchez à « mettre en chair » *Le Médecin malgré lui* et moi je cherche la meilleure façon de vous y aider !

De ces notes éparses et sans logique apparente va se dégager peu à peu une ébauche de dramaturgie.

La dramaturgie

La dramaturgie, c'est simplement chercher à comprendre la pièce, à en découvrir le sens. Se demander ce que l'œuvre raconte. Encore et toujours se poser des questions !

Pour vous aider dans ce travail, passez tout de suite à une lecture de la pièce à voix haute avec celles et ceux qui la joueront. Le théâtre est un « sport humain collectif ! » Cet aller-retour entre la recherche solitaire et le partage de ce que vous aurez trouvé est fondamental. On ne peut pas faire du théâtre seul.

Quand vous expérimenterez sur scène, avec les comédiens, ce que vous aurez trouvé grâce à votre travail personnel, n'hésitez pas à vous laisser bousculer par les propositions de chacun et à mettre à l'envers des certitudes qui vous semblaient inébranlables sur le papier !

La distribution

Encore une fois, cette première lecture effectuée tous ensemble est très importante. Elle permet aussi de discuter du choix des rôles et de les répartir.

Écoutez bien vos camarades quand ils se lanceront à la rencontre de leur personnage avec toute la maladresse et la générosité d'une première fois. L'écoute... c'est une qualité que vous devrez cultiver. Car le plus simple, et donc le plus difficile, au théâtre, c'est écouter et répondre.

Mais l'écoute doit être active, à la fois intérieure et extérieure. Il s'agit de rester en relation avec sa propre sensibilité tout en écoutant l'autre, son partenaire, et plus tard, d'«écouter» l'attention du public.

Cette triple relation peut déjà s'instaurer lors de la première lecture. Demandez-vous :

– Qu'est-ce que j'éprouve en écoutant les comédiens lire ?

– Que ressentent-ils eux, quand ils lisent leur personnage ?

– Que ressentent-ils quand ils écoutent leurs camarades ?

Cette première lecture peut avoir lieu autour

d'une table chez l'un d'entre vous, mais si vous avez la possibilité d'avoir une salle de répétition, vous pouvez tous vous asseoir en cercle à même le sol. C'est déjà une première mise en espace.

De nombreux exercices d'échauffement se font à partir du cercle. Tout le monde peut se voir tout en restant dans le groupe. N'hésitez pas à faire lire les rôles par des acteurs différents. On peut même faire lire à des femmes des rôles d'hommes... et vice versa ! C'est un exercice amusant et enrichissant. Le texte prend alors des couleurs que l'on ne soupçonnait pas.

Le plaisir du jeu

N'oubliez pas une chose essentielle : le jeu, le plaisir du jeu ! Dès le début, dès que vous tous, comédiens, commencerez à prendre possession de la pièce, n'oubliez jamais la jubilation du jeu. Ce jeu qui nous relie à l'enfance... quand un bout de bois était l'épée de d'Artagnan et un vieux balai le cheval de Zorro ! Car au théâtre, l'enfance reprend ses droits.

Il me semble que Molière a écrit cette pièce avec l'énergie explosive de la joie du jeu, replongeant dans son enfance, les yeux illuminés d'un fiévreux éclat, quand il se laissait guider par son grand-père à l'hôtel de Bourgogne pour voir le célèbre Gros-Guillaume, le farceur Gautier-Garguille ou Turlupin et Alizon, ces grandes figures de la farce au XVIIe siècle.

Et si nous parlions un peu de Jean-Baptiste ?

Un auteur acteur)

Il y a une multitude de fenêtres à ouvrir sur la vie de Molière, auteur, acteur, chef de troupe, et des centaines de biographies lui ont été consacrées.

Il faut savoir qu'il n'existe aucun manuscrit de la main de Molière et que les historiens travaillent avec les textes établis par ses contemporains. Pour ce qui est des biographies, je ne saurais trop vous conseiller, entre autres, la lecture de *La vie de monsieur de Molière* de Mikhaïl Boulgakov. Un autre ouvrage merveilleux vous donnera une vue d'ensemble sur le théâtre à l'époque de Molière. Il s'agit de l'*Histoire du théâtre dessinée* d'André Degaine.

Essayez de voir ou de revoir *Molière*, le film d'Ariane Mnouchkine, un voyage passionné et amoureux, qui, adolescent, m'a bouleversé.

Soyez curieux, partez à la recherche de « votre » Molière et tout ce qui vous fera rêver autour de la pièce.

On dirait que vous seriez...

Je vous propose un petit canevas que vous pourrez étoffer grâce à vos propres découvertes; une façon de pénétrer ensemble dans cette pièce par la porte dérobée de l'imagination et qui peut devenir une base d'improvisation captivante : le «on dirait que»: «*On dirait que je serais au XVIIe siècle...*» ou encore le «si» magique de l'enfance. Alors, et si vous «étiez» Molière?

Vous êtes à Paris un après-midi de juillet 1666, au théâtre du Palais-Royal. Aujourd'hui a lieu la première répétition du *Médecin malgré lui*. La première est fixée au 6 août. Vous ne savez pas encore que cela va être un triomphe, que vous allez jouer Sganarelle pendant presque soixante représentations (ce qui est beaucoup pour l'époque).

Vous ne vous doutez pas qu'un gazetier (le journaliste de l'époque) écrira :

«... Rien au monde n'est si plaisant,
Ni si propre à vous faire rire;
Et je vous jure qu'à présent
Que je songe à vous en écrire,
Le souvenir fait, sans le voir,
Que j'en ris de tout mon pouvoir.

Molière, dit-on, ne l'appelle
Qu'une petite bagatelle;
Mais cette bagatelle est d'un esprit si fin
Que, s'il faut que je vous le die,
L'estime qu'on en fait est une maladie
Qui fait que dans tout Paris tout court au
     Médecin. »*

Il est vrai que vous aimez rire et faire rire. Les médecins et les malades, vrais ou imaginaires, sont pour vous des occasions de partager ce rire avec le public.

Aujourd'hui vous délaissez les rubans verts de l'Alceste du *Misanthrope* pour le costume jaune de Sganarelle, un personnage que vous connaissez bien et qui au fil de vos œuvres s'est transformé tout en restant aimé du parterre.

Ne vous appelle-t-on pas parfois, dans la rue, lorsqu'on vous reconnaît, par ce nom?... Comme plus tard on appellera Charlie Chaplin, Charlot !

Sganarelle et les autres: raconter, écrire, inventer...

Sganarelle a été le valet de *Dom Juan*, un mari peureux et ridicule dans *Le Cocu imaginaire*, un père dans *L'Amour médecin*, un tuteur jaloux dans

L'École des maris et maintenant le voilà bûcheron roublard, aimant le vin, les femmes, l'argent...

Vous êtes assis dans la salle vide et silencieuse, entouré de votre troupe... Mlle De Brie, Du Croisy, La Grange qui sans cesse gratte des notes sur son grand registre! Ils ne connaissent pas encore votre nouvelle œuvre et sont impatients de savoir ce qu'ils vont jouer. Vous fermez les yeux quelques secondes... Chaque fois que vous allez lever le voile sur une nouvelle histoire, vous revient à l'esprit cette image de vous et de votre grand-père Louis, main dans la main, au milieu de la foule bruyante du pont Neuf. Cette fois, c'est une farce!

Il y a déjà six ans, depuis *Le Cocu imaginaire*, que vous n'avez pas écrit ce genre de pièce qui fait s'esclaffer le parterre. Vous pensez que ce sera plus reposant à défendre que votre *Tartuffe* qui vous a valu beaucoup d'ennuis!

Maintenant, vous ouvrez les yeux et vous vous retrouvez à notre époque, avec les comédiens qui vont se lancer dans l'aventure et vous leur racontez, à votre façon, la pièce. (N'oubliez pas de rester dans la peau de Molière! C'est l'auteur qui raconte sa pièce.) Vous poursuivez ce petit jeu en demandant à vos camarades de raconter la pièce à leur tour, mais du point de vue de leur personnage.

Cela peut se préparer en amont par un travail d'écriture.

Pour ma part, j'ai découvert cet exercice en travaillant *Le Conte d'Hiver* de William Shakespeare. Nous avons joué cette pièce, au Studio-Théâtre de la Comédie-Française, par fragments. La pièce ayant cinq actes, nous en représentions un par soir. Mais pour les spectateurs qui ne pouvaient venir qu'un soir, la metteur en scène nous avait demandé d'écrire les résumés des actes qu'ils ne verraient pas du point de vue de notre personnage, puis de les jouer.

Ce travail d'écriture nous a aussi permis d'aller à la rencontre de notre rôle au-delà de ce qui est dit dans la pièce. Vous vous apercevrez qu'un tel exercice donne au texte un éclairage précieux pour la suite du travail.

Pour les personnages comme Lucas, Jacqueline, Thibaut et Perrin, il faudra essayer de conserver leur langage rustique.

Certains résumés seront fragmentaires. M. Robert n'apparaît que dans une scène. Mais peut-être s'est-il débrouillé pour en savoir plus ! Comment peut-il raconter les scènes où il n'est pas ? Par quels moyens peut-il connaître l'histoire rocambolesque de Sganarelle ?

Peut-être que Martine, inquiète de la tournure qu'a pris sa vengeance, est allée demander l'aide de M. Robert pour retrouver son mari ?

Peut-être que M. Robert, caché dans les bois, a assisté à la bastonnade de Sganarelle ? Peut-être aussi n'a-t-il rien vu, ne sait-il rien et que seul chez lui il soigne les blessures causées par les coups de bâton de Sganarelle !

Que chaque acteur trouve avec son rôle les moyens de raconter le plus de choses possibles !

Cherchez, inventez, imaginez... jouez !

Je vous avais proposé, un peu plus haut, d'inscrire sur un carnet vos idées concernant l'espace, le décor et les costumes lors de vos toutes premières lectures de la pièce. Il est temps d'en parler plus précisément.

L'espace, le décor, les costumes

Pour moi ces trois notions sont étroitement liées et interdépendantes. Soit par opposition, soit par harmonisation.

Il est possible d'envisager une mise en scène dans un beau théâtre à l'italienne (comme la Comédie-Française) avec un magnifique décor réaliste de forêt puis un intérieur cossu et des costumes XVIIe. Là, tout sera homogène dans la vision du spectacle donnée au public.

Mais vous pouvez également jouer dans une usine désaffectée dont le sol est jonché de carcasses de voitures, et garder les costumes XVIIe... ou bien encore jouer en plein air dans une vraie forêt avec des costumes de ville contemporains !

Ces exemples sont évidemment très caricaturaux. L'essentiel est la cohérence de l'ensemble par rapport à une proposition artistique. La vôtre ! Il faut que votre projet ait un sens qu'il vous appartiendra de défendre devant un public et aussi que vous pourrez partager avec les comédiens.

L'importance des moyens à votre disposition pour monter le spectacle est aussi à prendre en compte. Sachant qu'avoir de l'argent n'offre pas forcément la garantie de faire un bon spectacle ! Ce sont souvent les contraintes financières (quand elles ne s'apparentent pas à la misère...) qui déclenchent les plus belles idées... Le théâtre aime les contraintes comme le cerf-volant a besoin de son fil pour voler.

Une des forces de cette pièce est qu'elle peut se jouer avec presque rien. Dans l'une de ses premières éditions, on pouvait lire :

> « *Accessoires :*
> *– Du bois.*
> *– Deux battes.*
> *– Trois chaises.*
> *– Un morceau de fromage.*
> *– Des jetons.*
> *– Une bourse.* »

C'est un peu spartiate, mais je suis sûr que ce minimum peut suffire.

Pour ce qui est du décor, le texte indique au minimum deux espaces différents :

– Une clairière dans une forêt.

– La maison de Géronte.

Deux solutions s'offrent à vous :

– Vous décidez de jouer en plein air… dans la clairière d'un bois ou sur une place de village, à même le sol : vous avez ainsi naturellement un premier décor. Quelques morceaux de bois, un ou deux fagots achèveront de situer l'action. Le théâtre a cela d'extraordinaire qu'une simple feuille peut évoquer un arbre ; un tissu rouge sur une chaise, le trône d'un roi ; une larme sur la joue d'une actrice, le plus grand chagrin d'amour du monde !

– Vous jouez en intérieur dans un théâtre, un hangar, une grange ou tout autre espace clos (on peut faire du théâtre partout !) et vous avez le décor des IIe et IIIe actes.

Encore une fois, le choix du mobilier déterminera pour nous, spectateurs, l'époque et le niveau social du propriétaire ainsi que son goût. Un banc recouvert d'une peau de léopard synthétique, un fauteuil Napoléon III, ou encore des sièges de plage aux couleurs fluorescentes, emporteront l'imaginaire du public dans des univers très opposés ! À vous de choisir où vous voulez l'emmener…

Quelques questions

– Mais... et pour le lieu en intérieur quand je suis en extérieur... et le lieu en extérieur quand je suis à l'intérieur... je fais comment ?... demandez-vous à cet instant.

– À vous de chercher et de trouver ! Mais j'ai le sentiment que cette pièce n'a besoin que de quelques accessoires, d'un espace de jeu très simple et surtout des acteurs !

– Et les costumes ?

– Dans le texte, Martine nous donne une indication sur Sganarelle : « *C'est un homme qui a une large barbe noire et qui porte une fraise, avec un habit jaune et vert.* »

– C'est quoi une fraise ?

– C'est un grand col « tuyauté » en dentelle ou en coton qui, à l'époque où Molière écrit sa pièce, était démodé depuis au moins quinze ans.

Quant aux couleurs de son habit – jaune et vert – cela fait dire à Lucas : « *C'est donc le médecin des paroquets !* »

Molière souligne par là le côté décalé de son personnage, à la limite du ridicule.

Si vous utilisez des costumes contemporains, on peut l'imaginer avec une chemise jaune années 70 à col très grand et un pantalon vert aux jambes trop courtes ! Mais rien n'empêche, si vous avez une couturière de talent, de vous lancer dans une recherche historique des vêtements portés en 1666 !

Les costumes des autres personnages peuvent nous donner une indication sur leur rang social mais aussi sur leur personnalité.

M. Robert peut être un « fagotier » comme Sganarelle ou bien au contraire quelqu'un de très raffiné, venant de la ville et ayant une maisonnette à la campagne. Ces deux options de jeu amèneront des costumes totalement différents.

Thibaut et Perrin sont notés comme paysans. Sont-ils pauvres, très pauvres, ou encore miséreux ?

Arrêtons-nous quelques instants sur cette scène 2 de l'acte III qui est terrifiante dans sa construction et qui pousse le système comique/tragique de la farce à son paroxysme.

La farce

« Là où l'on rit horriblement. »
Le nombre de coups de bâtons distribués dans cette pièce est assez conséquent ! Sganarelle bat sa femme puis il bastonne M. Robert, il se fait lui-même

frapper plusieurs fois par Lucas et Valère et quand il arrive chez Géronte, il lui assène une petite volée également !

La bastonnade est un des ressorts comiques de la farce, tout comme les gifles, les quiproquos, les déguisements, le langage déformé par un accent, la trivialité, la paillardise...

On rit des mésaventures de quelqu'un qui se fait duper ou qui arrive au mauvais moment dans une situation explosive (tel M. Robert).

Dans *Les Fourberies de Scapin*, il y a une scène où, pour se venger, Scapin enferme dans un sac le père de son maître (encore un Géronte...) pour lui donner des coups de bâton. Et l'on rit beaucoup ! On rit d'un vieillard violemment battu, enfermé dans un sac ! Il a peut être le crâne fracturé, les côtes défoncées, les dents cassées, mais on rit ! C'est atroce mais on rit parce que la forme et l'écriture sont drôles.

Venons-en à la scène de Thibault et Perrin. Le langage de Thibault est drôle. Il écorche les mots. Face à celui qu'il prend pour un médecin, il est fasciné par ce qu'il a pu entendre dire de son talent de guérisseur. À la fin de la scène il s'en retourne soigner sa femme avec un morceau de fromage qu'il vient de payer deux écus ! (Ce qui est sûrement beaucoup.)

Et là encore on rit de sa naïveté, de son parler maladroit, du crédit sans faille qu'il donne à la fonction de médecin. Et pourtant la situation est tragique. La femme de Thibault, la mère de Perrin, est probablement en train de mourir ! Lisez attentivement la description des symptômes de sa maladie. C'est épouvantable ! Elle souffre sûrement terriblement. En plus de son mal, elle a subi des lavements et bu des infusions qui ont déjà failli la tuer ! Molière est un virtuose de la cruauté dans l'écriture de cette scène.

Sans faire de cette pièce un drame social de la pauvreté au XVIIᵉ siècle, n'oubliez jamais l'épaisseur de la situation et la profonde sincérité des personnages. Les larmes les plus amères se dissimulent mieux derrière le rire.

La dernière réplique de Sganarelle ouvre sans ambiguïté la porte à la mort : « *Allez. Si elle meurt, ne manquez pas de la faire enterrer du mieux que vous pourrez.* »

Mais la vie continue avec l'arrivée de Jacqueline et aussitôt Sganarelle nous repousse dans la comédie pure : « *Voici ma belle Nourrice. Ah ! Nourrice de mon cœur, je suis ravi de cette rencontre, et votre vue est la rhubarbe, la casse et le séné qui purgent toute la mélancolie de mon âme.* »

Sganarelle nous parle de son âme mélancolique. Peut-être a-t-il été plus touché qu'on ne le pense par le fils et sa mère malgré son apparente désinvolture et sa cupidité manifestées tout au long de la scène.

Prenez le temps d'explorer avec les acteurs chaque réplique, d'écouter profondément chaque interprétation possible, de creuser chaque silence. Le rythme juste viendra plus tard.

Il est évident que cette pièce est construite pour le rire. Mais Molière, qui a quarante-quatre ans et de nombreuses pièces derrière lui, a aussi une écriture plus élaborée. Comme dans un mille-feuilles, il y a plusieurs strates ! Il vous est possible de les faire apparaître et entendre tout en conservant le style de la farce.

Ce travail se fera pendant les répétitions.

Les répétitions

Les répétitions sont le vrai départ de la mise en forme d'une pièce de théâtre.

Vous avez rêvé sur le texte, sur un décor, sur une distribution idéale. Vous avez sûrement des images bien précises de certaines scènes. Vous avez relu vos notes. Maintenant vous allez réellement éprouver avec les comédiens le juste et le faux.

Ce qui paraissait fantastique sur le papier se révélera « foireux » sur la scène, et ce que vous n'auriez même pas imaginé va surgir dans un instant de grâce au cours d'une répétition.

Toutes les théories vont trouver une traduction concrète sur le terrain du jeu. De manière pratique, artisanale, vous allez aller à la rencontre de la pièce. Comme le cordonnier qui fait des chaussures pour marcher, les comédiens et vous, allez fabriquer une pièce qui, mise en contact avec le public, va marcher !

Il faudra du travail, de la persévérance et du temps. Le temps sera votre allié et votre pire ennemi ! Que vous ayez quinze jours ou six mois pour monter un spectacle, vous aurez le sentiment, la veille de la première, de n'être absolument pas prêt !

L'idéal est de pouvoir répéter régulièrement à raison de trois à quatre heures par séance. Un metteur en scène me disait qu'entre deux répétitions « ça travaille ». Il voulait exprimer par là que le travail accompli au cours d'une répétition continue à faire son chemin dans l'inconscient de l'acteur. De même, quand vous apprenez un texte le soir avant de vous coucher, au réveil, vous avez retenu plus que vous ne le pensiez.

Tout au long des répétitions ne vous découragez pas. Vous connaîtrez des « traversées du désert » pendant l'élaboration de la mise en scène. C'est normal, cela fait partie du processus de création. Ces zones d'ombres où l'on éprouve la désagréable impression de ne plus rien comprendre sont nécessaires. Le doute peut aider à trouver de nouveaux chemins.

Un geste, une proposition d'acteur, un événement imprévu pendant qu'une scène se joue et l'imagination rebondit avec la confiance retrouvée.

Petits exercices

Il n'y a pas de règle absolue, mais avant d'attaquer le travail sur le texte, on peut faire un échauffement qui mettra en action le corps et l'esprit !

J'ai joué avec une compagnie dans laquelle le metteur en scène demandait tous les jours à un comédien différent de s'occuper de la mise en route des acteurs. Chacun faisait partager son expérience en la matière et se retrouvait metteur en scène (pendant une demi-heure environ) de l'ensemble du groupe.

Commencez par constituer un cercle où chacun puisse se voir. Restez bien droits, comme si un fil était fixé au sommet de votre crâne et qu'un marionnettiste tirait délicatement dessus.

Ensuite, enroulez-vous doucement sur vous-même en expirant complètement jusqu'au sol. Puis remontez très lentement en inspirant. Faites ceci une dizaine de fois en expirant et inspirant de plus en plus régulièrement et profondément.

Ce moment est un temps où chaque comédien laisse ses préoccupations extérieures pour se retrouver avec ses camarades dans une énergie commune de travail. C'est une sorte de sas où les bruits du monde deviennent plus lointains.

Je propose ci-dessous trois autres exercices qui aident à la concentration tout en jouant avec la voix et le corps. Il en existe des centaines, et vous pouvez en inventer vous-même. Vous pouvez aussi consulter un livre passionnant qui est une mine en matière de jeux et d'exercices : *Jeux pour acteurs et non-acteurs* d'Augusto Boal (Éditions La Découverte).

1. L'assassin habite au 21

Tous les comédiens se déplacent dans la salle en s'observant. Parmi eux se trouve un assassin désigné en cachette par le metteur en scène, et qui peut tuer chaque personne d'un simple clin d'œil. Il doit arriver à tuer tout le monde sans se faire repérer.

Ce genre de jeu stimule la capacité de perception des acteurs qui analysent beaucoup plus en détail leurs camarades, étant donné que, potentiellement, ils sont tous assassins. Essayez de faire ce jeu dans un silence total. Jouez avec le suspense que crée l'assassin !

2. La machine infernale

Excellent jeu pour la voix et la coordination cor-
porelle.

Quelqu'un monte sur scène et commence à faire
un geste simple et répétitif en y associant un rythme
vocal. Une autre personne vient le rejoindre et s'im-
brique dans ce mouvement en y ajoutant le sien,
plus son rythme vocal. Et ainsi de suite jusqu'à constituer une sorte de machine infernale à laquelle on va
donner des sentiments : colère, joie, amour, peine,
etc. Un chef d'orchestre peut, face à cette machine,
en modifier le rythme et le volume sonore.

3. Le gardien de but

Il y a deux groupes : les « attrapeurs » et les « attra-
pés » ! Trois acteurs sont alignés à un mètre d'un mur
auquel ils tournent le dos. Celui qui est au milieu est
le gardien de but, les deux autres l'assistent.

Un à un, chaque participant se tenant le plus loin
possible du mur, regarde le gardien de but, ferme les
yeux et court vers lui. Celui-ci doit, pour l'arrêter, le
prendre par la ceinture.

Au cas où un acteur dévie, l'un des deux assistants
qui entoure le gardien pourra l'attraper.

L'important est que chaque participant qui court

ne ralentisse pas sa course en sentant le mur approcher : c'est l'épreuve de confiance !

Répétition sur scène

Cette naissance sur le plateau de la première répétition avec la toute première scène est toujours pour moi comme un saut dans le vide.

L'idéal, du moins au début, est de travailler les scènes dans l'ordre. Une fois que l'ossature de la pièce sera construite, cela aura moins d'importance.

Aujourd'hui c'est le début de la construction de l'édifice « Médecin malgré lui » ! Vous avez face à vous une actrice et un acteur (Martine et Sganarelle), leur brochure à la main car ils ne savent pas encore leur texte, qui vont vous demander :

– Bon… alors euh… on rentre à cour ou à jardin ?

Cette question déterminera votre premier choix de metteur en scène ! Cour… ou… jardin ?

Voici un petit rappel utile. Quand on est sur scène, le côté cour est à gauche (coté du cœur) et jardin à droite. Quand on est dans la salle… c'est le contraire. Je vous laisse trouver d'où vient cette appellation de cour et jardin !

Pour chaque scène je proposerai un sens d'explo-
ration, une interrogation ou une indication de jeu,
une improvisation. Cela pourra aussi être une sensa-
tion, une intuition, un matériau qui j'espère stimu-
leront votre créativité.

Vous pouvez compléter ces propositions ou en
trouver d'autres. Ce ne sont que des pistes possibles,
mais en aucun cas des solutions définitives. Les ten-
tatives de jeu les plus absurdes peuvent éclairer ce
qui paraît obscur.

Acte premier

Scène 1 :

– Trouvez la raison de la dispute entre Martine et
Sganarelle.

– Les deux acteurs n'arrivent pas à prononcer les
consonnes, ils ne disent que les voyelles de leur
texte.

Sganarelle : *on, e e i sue e en eux ien aie, et ue est
à oi e aller et êe e aîe !* Etc. etc. !

– Jouez la scène de façon dramatique puis, immédiatement après, recommencez en pensant que tout
n'est qu'un jeu amoureux entre Martine et
Sganarelle.

Scène 2 :

Le rythme de cette scène paraît rapide, les répliques fusent comme des balles de ping-pong.

– Ralentissez tout à l'extrême. Étirez les répliques et les silences.

– M. Robert est fou amoureux de Martine mais ne s'est jamais déclaré parce qu'il a une peur bleue de Sganarelle. Aujourd'hui il ose !

Scène 3 :

Martine est seule.

Il semble évident qu'elle parle au public.

– On peut supposer aussi que dans la scène précédente M. Robert s'est évanoui sous les coups de Sganarelle et que Martine lui parle tout en le ranimant.

Scène 4 :

– Lucas et Valère, c'est Dupont et Dupond.

Même costume, même gestuelle, seul le langage est différent.

– Lucas est académicien et sa façon de parler patois est parfaitement pure.

– Inversement, c'est Valère qui est un gros lourdaud.

Scène 5 :

– Tous les personnages ont peur.

Valère et Lucas ont peur de s'adresser à Sganarelle qui lui-même a peur que ces deux étrangers ne l'attaquent.

Faites durer ce sentiment de peur le plus longtemps possible.

– Sganarelle chante. Pour faire comme lui et entrer plus facilement en contact, Lucas et Valère chantent aussi.

Jouez toute la scène comme une comédie musicale.

– La bastonnade se déroule au ralenti, ou bien rythmée par une musique de votre choix, ou bien réaliste dans sa violence.

– Au début de la scène Sganarelle est complètement saoul.

Acte deuxième

Scène 1 :

– Géronte est sourd.

– Au début de la scène, quand Lucas retrouve Jacqueline, imaginez que c'est Roméo qui retrouve Juliette.

Scène 2 :

– Géronte est moins naïf que Valère et Lucas et ne croit pas que Sganarelle soit médecin. Cet accueil dur et soupçonneux terrorise Sganarelle.

Scène 3 :

– Jacqueline est-elle troublée par les intentions de Sganarelle ?

– Jusqu'où irait-il si Lucinde n'arrivait pas ?

– Lucas est physiquement plus fort que Sganarelle qui ne peut employer que la ruse pour approcher de Jacqueline.

– Jacqueline est un aimant et Sganarelle un morceau de fer !

Il est constamment attiré et doit lutter pour ne pas se trouver collé à elle.

Scène 4 :

– Nous sommes au « théâtre muet ».

Les comédiens jouent la scène le plus sincèrement possible, en disant leur texte mais sans le son.

Attention, la scène ne doit pas être mimée ni explicative.

– Un comédien se met sur un coin du plateau et raconte la scène au public. Les acteurs doivent jouer ce que dit leur camarade.

Scène 5 :

— Léandre est bègue.

Acte troisième

Scène 1 :

— Échangez les rôles.

L'acteur qui joue Léandre joue Sganarelle et vice versa.

— Sganarelle fait son aveu devant dix mille personnes.

— Il est au tribunal pour usurpation d'identité et répond à l'avocat général.

Scène 2 :

— Thibaut et Perrin sont, eux aussi, malades. Ils toussent et sont dans une faiblesse extrême car ils n'ont pas mangé depuis des jours, faute d'argent.

— Sganarelle est impitoyable, dur, méchant avec eux.

— Au cours de la scène il est de plus en plus touché par Thibaut et Perrin.

— Thibaut et Perrin ont un nez de clown.

Scène 3 :

– Sganarelle hypnotise (au sens propre du terme) Jacqueline.

– Pourquoi Lucas n'intervient-il pas pendant la scène et ne fait-il qu'écouter ?

Scène 4 :

– Lucas est bouleversé par ce qu'il vient d'entendre. Il en pleure de douleur.

– Il est fou de colère.

Scène 5 :

– Les trois personnages quand ils ne parlent pas disent ce qu'ils pensent à voix basse. Quand c'est leur tour de parler ils disent leur texte à voix haute.

En fait tout le monde parle en même temps, soit à voix basse pour exprimer sa pensée, soit à voix haute pour dire son texte.

Scène 6 :

– Jouez toute la scène en chuchotant.

– Au début de la scène Géronte ne veut pas écouter Sganarelle et n'a de cesse que de vouloir rejoindre sa fille qui parle avec un inconnu suspect.

– Léandre ne comprend rien à ce que lui raconte Sganarelle.

Scène 7 :

– Sganarelle doit absolument garder Géronte sur le plateau le temps de la scène pour que les amants puissent partir. Géronte lui veut sortir dès sa première réplique.

Scène 8 :

– Lucas est fou de joie.

Scène 9 :

– Martine vient voir son mari au parloir d'une prison le jour de son exécution. Ils ne peuvent se toucher. Lucas surveille.

Scènes 10 et 11 :

– Un acteur joue tous les personnages.

Toutes ces propositions de jeu vous aideront à retourner le texte et les situations dans tous les sens.

Puis viendra l'heure des choix.

Peu à peu, au fil du travail, vous allez éliminer, simplifier, concentrer, rythmer, élargir, préciser, effacer, faire et défaire…

Les filages

Les filages sont les premiers enchaînements de scènes. Vous pouvez filer acte par acte, puis faire des filages de toute la pièce.

C'est aussi le dernier temps des répétitions avant la représentation. Le temps où tout doit trouver sa place.

Costumes, décors, accessoires, lumière vont se rencontrer pour finir la construction du spectacle. Les acteurs trouveront le souffle de leur travail en enchaînant ce qu'ils ne voyaient que par bribes.

Vous pourrez vous rendre compte de la justesse du rythme de l'histoire que vous allez raconter. Mais, jusqu'au dernier moment, n'hésitez pas à changer ce qui ne vous plaît pas.

Il arrive que l'on trouve le déclic d'une scène le jour de la première... voire même après ! Au théâtre rien n'est figé. Si vous avez la chance de pouvoir jouer plusieurs fois de suite, vous verrez le spectacle se transformer avec le public.

Tout le travail accompli avec les comédiens, les techniciens, tous ceux qui ont participé à cette aventure, trouvera enfin sa place face au regard du spectateur. Sa présence le soir de la première sera pour vous un aboutissement. La qualité de son écoute, son émotion, son rire, ses applaudissements seront la récompense des efforts fournis par tous pendant des semaines.

C'est peut être la réponse à ma première question :

– Pourquoi vouloir mettre en scène *Le Médecin malgré lui* ?

– Pour entendre les gens rire et, pourquoi pas, pleurer...

En guise de conclusion

Il ne me reste plus qu'à vous remercier de cette conversation autour du *Médecin malgré lui*, car vous avez fait naître en moi le désir de mettre en scène cette pièce que j'avais un peu oubliée depuis le collège...

Si un jour, par hasard, vous voyez une affiche qui annonce la pièce, n'hésitez pas. Venez, vous serez mon invité. Si c'est vous qui la montez le premier, prévenez-moi et je viendrai applaudir.

Une vie en quelques dates...

1622 : Le 15 janvier, naissance de Jean-Baptiste Poquelin.

Tous les ans, le soir du 15 janvier, la troupe de la Comédie-Française rend hommage à Molière.

À la fin de la représentation (presque toujours une de ses pièces), les comédiens de la troupe montent tous ensemble sur le plateau avec l'administrateur général et saluent le public après avoir dit une courte phrase extraite du répertoire de Molière.

1632 : Il a 10 ans et sa mère meurt.

1642 : Il a 20 ans et devient licencié en droit.

1643 : Il a 21 ans et fonde avec Madeleine Béjart la troupe de l'Illustre Théâtre.

1644 : Il a 22 ans et prends le pseudonyme de Molière.

1645 : Il a 23 ans et se retrouve en prison pour dettes.

1645-1658 : De 23 à 36 ans, Molière cherche

fortune en province auprès de différents protec-
teurs, et rencontre le succès.

1658 : Il a 36 ans et s'installe à Paris au jeu de
paume du Marais.

1662 : Il a 40 ans et épouse Armande Béjart, fille
de Madeleine.

1665 : Il a 43 ans et sa troupe devient troupe du
roi.

1666 : Il a 44 ans et c'est la première du *Médecin
malgré lui*.

1673 : Il a 51 ans et meurt le 17 février alors qu'il
joue Argan dans *Le Malade imaginaire*.

Si vous ne parlez pas le patois...)

Alle : elle
Amétile : émétique
Amiquié : amitié
A patres : ad patres
An : on
Ant : ont

Bailler : donner
Bian : bien
Biau : beau
Biauce : Beauce
Bouter : mettre

Çen : ce
Ceti : celui
Charcher : chercher
Conversions : convulsions
Cordales : cordiales
Couteume : coutume

Crayons : croyons
Creiature : créature

Daignes : dignes
Défiguré : décrit
Drait : droit

Eune : une

Fleumes : flegmes
Fraimes : frimes

Garir : guérir
Glieu : lieu
Gnia : n'y a
Gueble : diable

Hypocrisie : hydropisie
Hériquié : héritier

Iau : eau
Infections : infusions
Impartinante : impertinente

Lantiponer : lanterner, hésiter.
Lantiponage : atermoiments
Li : lui
Liandre : Léandre

Libarté : liberté

Médeçaine : médecine
Monsieu : monsieur
Mortifier : humilier, blesser
Mufles : muscles

Nanin : nenni
Notte : notre

Parette : Perrette
Par ma figué : par ma foi
Par tous les diantes : par tous les diables
Piarre : Pierre
Portions : potions
Preniais : preniez

Quarquié : quartier
Queuque : quelque
Quienne : tienne
Quotiguenne : quotidienne

Rian : rien
Ribarbe : rhubarbe

Sarimonie : cérémonie
Sarviteur : serviteur
Sart : sert

Sayez : soyez
Sériosités : sérosités
Sis : suis
Souillez : souliers
Syncoles : syncopes

Testigué : têtebleu

Vaici : voici
Vaigne : vigne
Velà : voilà
Velait : voulait
Votte : votre
Vouilliez : vouliez

Autres titres de la collection

Mise en page : Dominique Guillaumin
Loi n°49-956 du 16 juillet 1949
sur les publications destinées à la jeunesse
ISBN 2-07-050815-3
Numéro d'édition: 130229
N° d'impression : 69282
Dépôt légal : septembre 2004
Imprimé sur les presses de la Société Nouvelle Firmin-Didot